A guerra de mil anos

cacha
lote

A guerra de mil anos

Wibsson Ribeiro

A GUERRA DE MIL ANOS	7
MASTODONTES	59
DESASTRE NO VERÃO	97

A GUERRA DE MIL ANOS

> *Caressing an old man and painting a lifeless face*
> *Just a piece of new meat in a clean room*
> *The soldiers close in under a yellow moon*
> *All shadows and deliverance under a black flag*
> *A hundred years of blood, crimson*
> *The ribbon tightens 'round my throat*
> *I open my mouth and my head bursts open*
> *A sound like a tiger thrashing in the water*
> *Thrashing in the water*
> *Over and over, we die one after the other*
> *Over and over, we die one after the other*
> *One after the other*
> *One after the other*
> *One after the other*
> *One after the other*
>
> The Cure, "One Hundred Years"

JONATAS

Amanheceu e notou que o dia estava horrível. Odiava o cinza dos céus. Nunca iria se acostumar. Pelo menos o quarto, exceto pelas cobertas reviradas, estava com alguma organização. Gostava de dormir com as persianas abertas, apenas o vidro bloqueando o vento frio. Para ele era essencial sentir o ataque do sol. Também não trancava a porta, exceto quando recebia visitas. Era importante que as duas gatinhas, Thelma e Louise, entrassem e passeassem pelo quarto quando quisessem, afinal, elas chegaram na casa antes dele, antes da sua intrusão, quando ele veio de Maceió com sua pequena mala tentar se estabelecer naquela cidade gigante, hospedado no apartamento que Dora e Diogo já vinham compartilhando há três anos. As gatas eram as donas do quarto. Ouvia as histórias de Dora, que as pegou ainda filhotes. De como os primeiros dias de sono das criaturas eram vividos debaixo do forro da cama, um esconderijo, um lugar para se proteger dos caçadores. Achava injusto agora expulsá-las, ele, que nunca gostou de gatos, e sentia que o dia perfeito começava com lambidas na cara, mordidinhas carinhosas e doloridas no queixo.

Ergueu um comando de voz para a Alexa antes que ela antecipasse seu despertador programado. Forrou rápido a cama ainda sentindo o próprio mau hálito e o estômago vazio. Dali a pouco serviria o iogurte, talvez uma banana e se sentaria com os olhos esfregados de água e o rosto já com seu ritual de sabonetes e cremes devidamente cumprido, pronto pra ligar o computador e esperar que o rosto de Ricardo aparecesse na tela.

A chamada de vídeo duraria quarenta minutos. Ele não percebe que só em metade desse tempo é capaz de dissimular o entusiasmo, e não entendeu até hoje que Ricardo, seu "chefe" e bom observador, compreende o exato momento em que ele abre uma aba do WhatsApp ou fica organizando os incontáveis PDFs da pasta de downloads e as subpastas batizadas por palavras como Filosofia, História, Cinema, Arte, Literatura, Pensamento Racial, Sociologia, Frantz Fanon, Achille Mbembe e Bell Hooks. Ricardo não sabia que, na maior parte do tempo, o grupo do WhatsApp que Jonatas acessava era aquele que recebia periodicamente novos nomes, como "casa dos artistas", "recanto dos idosos" ou "grupo cult", uma aba permanentemente aberta que servia para ele se comunicar somente com Dora e Diogo. Por vinte minutos Jonatas suportava a ladainha de Ricardo sobre editais, economia criativa, secretarias de cultura, políticos... e as piadas, comentários maldosos, brincadeiras ácidas, âncoras que Ricardo utilizava quando sentia que a dispersão de Jonatas o havia colocado muito longe da sala.

Era preciso flutuar, mas em volta dos números. Jonatas se sentia atado ao amigo e chefe porque ele o colocara ali naquele mundo, abrira caminho para os curta-metragens superfaturados, os documentários feitos com o mínimo de esforço, os roteiros escritos por mãos automatizadas, em meio a Monsters sabor mango loco e fatias de pizza com queijo demais. Ricardo o tirara do fundo do poço e deu a ele uma carreira no cinema, lugar que ele achava não pertencer. Nunca pensou que seria um desses mitos da cinefilia, o garoto que começa vendo de três a cinco filmes por semana e de repente está dando instruções a atores, resolvendo pepinos com diretores de arte, sentando à mesa com produtores. Mas ele era isso agora, uma metamorfose imperceptível já havia acontecido.

Ganhava bem, o suficiente para não morar mais com os amigos e ter um apartamento próprio em Pinheiros, mas ainda estava ali na Liberdade. Gostava de comer um tempurá na feira a cada quinze dias, sentia conforto em subir a ladeira da São Joaquim e entrar no metrô, como se ali fosse uma extensão de sua casa. No inverno, gostava de comer um lamen no Aska e pedir uma porção de gyozas com aquele delicioso molho de pimenta. Os restaurantes eram o motivo para permanecer ali. Izakayas, tailandeses, coreanos, sushis. Sentia algum tipo de conforto que para ele era suficiente. Até passar pelo Glicério de madrugada, dentro do uber, era uma forma estranha de paz, a sensação de que ainda pertencia ao mundo, ao seu país deteriorado, com trombadinhas arrebentando o vidro dos carros com as mãos.

Era sexta-feira e às nove horas tinha uma reunião com Ricardo. Ele enviou uma cacetada de PDFs e agora era preciso baixá-los um a um, com todos aqueles gráficos e tabelas, aquelas imagens artificiais de pessoas sorrindo e todos os truques que esmagavam as letras. Achatar os textos para um espaço cada vez menor nas páginas. Quarenta minutos de reunião e já estava combinando para mais tarde uma cerveja com Dora e Diogo. Era bom que depois de quatro anos morando juntos eles ainda conseguissem sair às vezes, mesmo que fosse necessário dar um jeitinho, um esforço, fazer um pequeno sacrifício. Dora provavelmente diz não a um possível date, um ghosting no Bumble; Diogo recusa uma saída com a namorada e as amigas da faculdade. Ele perdia uma noite em que não quisesse jogar Elden Ring ou algum RPG no Gamepass.

Ricardo desligou, não sem antes fazer mais uma piadinha com o fato de Jonatas ser negro e bissexual, um dos mesmos comentários de sempre sobre como essas credenciais abriam portas, davam a ele um lugar de fala poderoso, blindado. Ele só ria descabreado e dava graças a deus de ter o chefe por perto. Odiava lidar com as burocracias e papeladas, enquanto o amigo, um riquinho branco do interior de Alagoas, vivia para as brechas do serviço público, aprendendo com os familiares e políticos do PL, amigos de seu pai, a farejar o dinheiro, a entrar de cabeça no momento certo, se infiltrar. Não é que Ricardo fosse só um oportunista. Ele também adorava cinema, tanto que não faltava a uma sessão do cineclube Mirante, que Jonatas organizava quando morava em Maceió. Se conheceram comprando uma cerveja no balcão do cinema de rua na Pajuçara, enquanto um filme de Seijun Suzuki se encerrava e um grupo de pessoas se reunia para debater sobre a mise-en-scène e a representação das mulheres no cinema japonês. Ricardo sempre olhava para Jonatas quando ele falava. No começo, pensava se tratar de um flerte, mas depois percebeu que Ricardo sentia alguma afinidade, gostava quando Jonatas falava de planos, enquadramentos, cores. O futuro chefe dizia sentir alívio toda vez que Jonatas falava, porque parecia que com sua voz ele expurgava a política. "Precisamos urgentemente nos despolitizar!", era o lema de Ricardo, quando estavam os dois a sós, rindo das discussões do cineclube que sempre caíam em temas relativos ao feminismo, ao queer, à questão racial. Eram questões que também interessavam ligeiramente a Jonatas, mas Ricardo gostava de provocar seu amigo e rir dos militantes de esquerda. Eram então a dupla perfeita. Dois aproveitadores. Um com o know-how para editais e mecanismos da máquina pública; o outro com a capacidade de entregar roteiros escritos em madrugadas velozes e simpatia para criar ambientes minimamente funcionais em sets de filmagem. A parceria se firmou com a explosão da Lei Paulo Gustavo, o rio de dinheiro derramado na cultura. A produtora fundada por Ricardo coletou dinheiro para realizar roteiros, oficinas, filmes, e Jonatas era o fantasma na máquina, contente em ganhar apenas uma parte ínfima, mas suficiente, dentro daquilo que o amigo pilhava. Estava contente com o que recebia. Não era uma pessoa de grandes ambições. Era suficiente uma viagem por ano para outro país, um tempo visitando a família. No mais, eram as rodadas pelos festivais e eventos quando os filmes estreavam, as cabines de cinema, os eventuais textos e curadorias. Não era uma vida ruim.

Hoje, por exemplo, ele tinha duas cabines de cinema para ir. Uma delas era a adaptação de um livro de um escritor nordestino e negro que ele detestava chamado Gustavo Lessa. O livro, que havia sido best-seller alguns anos atrás, era uma mistura de Jorge Amado com Gabriel García Márquez, com um final redentor onde a justiça social prevalecia. Pelas imagens que viu do filme, o diretor, um ex-ator global que recebeu um contrato milionário da Amazon, iria perseguir um caminho de emulação cosmética do cinema novo, com muita câmera na mão e uma mensagem política ainda mais direta que no livro, com suas mulheres fortes e guerreiras brandindo armas para expulsar os invasores. Jonatas achava lamentável como nos últimos anos o cinema brasileiro havia sucumbido totalmente ao didatismo, às palavras de ordem, aos gritos fáceis dentro das salas de cinema.

Para ele, ver um filme não era um gesto político, tampouco fazer um. Sentia que era um parasita que ao menos reconhecia seu parasitismo, achava mais nobre não fingir que era um herói. Mas também sabia fingir. E no fundo seus roteiros não eram muito diferentes, com as mesmas histórias de superação, os mesmos momentos de amor entre pessoas subalternizadas, os clichês que ele sabia que eram capazes de abrir portas e cofres. Sentia que era como um funcionário, um preenchedor de planilhas. O único prazer que tinha era quando conseguia tempo para ler, por isso levava na bolsa um livro de poemas da Audre Lorde para o metrô e a espera antes da sala de cinema. De lá, voltaria para casa e tiraria um cochilo, antes do bar.

    Ao descer no metrô Consolação e abraçar o bafo quente da Paulista, contudo, pensou em como no fundo era um afortunado, caminhando em uma rua cheia de pivetes batedores de carteira e pessoas assustadas, com medo de perder suas bolsas e celulares. Ele não entendia o medo, para ele aquela era uma das avenidas mais tranquilas do mundo. Almoçou um yakissoba de rua e tomou uma cerveja. Um homem vestido de Tim Maia cantava na frente do Conjunto Nacional, mas era diferente do cover antigo, um homem de vozeirão que provavelmente morrera durante a pandemia. Essa era uma versão mais juvenil, ainda aprendendo, embora o seu chapéu já estivesse recheadinho de notas. Jonatas andou até a Livraria Cultura antes de ir para o Cine Marquise, um hábito automático que ele estava aos poucos se livrando dada a degradação da megastore, cheia de best-sellers e historinhas que alegram os bookstans. A literatura estava escondida em outras prateleiras. Rodou um pouco para achar a área de poesia e ficou em dúvida se ela ainda existia ou fora desfeita. A Cultura era uma livraria de aeroporto, inchada e jogada dentro da Paulista, que em breve iria falir de vez. Sentou-se um pouco na poltrona apenas por preguiça, se preparando para o filme que veria, em uma época insuportável para filmes. Não conseguia mais se concentrar em nada além das séries da Netflix, HBO, Hulu e Prime Video; dos vídeos do TikTok, dos grupos de WhatsApp e do agonizante Twitter. Tinha que se concentrar muito para não pegar o celular e se sentia desconfortável na sala de cinema. Cheirava sua camiseta e já se sentia fedorento, mesmo tendo tomado banho antes de sair de casa, mesmo usando roupas limpas. Estariam limpas mesmo? Será que guardara a camiseta por engano depois de um dia de suor? E quanto aos tênis, há quantos meses não os lavava? Será que havia algum problema com suas meias? Foi até o Cine Marquise ainda com a sensação de que não cheirava bem, torcendo para que ninguém se sentasse ao seu lado, ignorando o cheiro da pipoca, cada dia mais cara, ignorando também a sede, já que ingerir um copo de água o faria querer ir ao banheiro no meio da sessão.

Cumprimentou com a cabeça alguns conhecidos e semiconhecidos, nos breves momentos em que desentortou a coluna e tirou a cara do smartphone, sentado enquanto esperava a sala abrir. Não tinha feito amigos paulistas em São Paulo; além de Diogo e Dora, seus únicos amigos eram alagoanos ou nordestinos que também foram, por variados motivos, morar na cidade. A vida era, mais dia menos dia, os momentos solitários no computador e as caminhadas sem rumo. Talvez ele invejasse Diogo e Dora, quisesse ter mais entusiasmo para festas e confraternizações. A sessão ocorreu milagrosamente bem. O filme não era nem bom, nem ruim. Um provável indicado ao Oscar, com cenas de muito bom gosto, atuações impecáveis e tudo aquilo que a academia gosta. O cinema se tornaria com o tempo para ele apenas um alívio, uma cápsula onde ele se enfiaria para ficar longe do celular por duas ou quase três horas, abstraído do tempo. As histórias eram perdidas, as cenas memoráveis não existiam mais, apenas um lazer pertencente a outro mundo, outra temporalidade, da qual ele dependia financeiramente, mas nem por isso se importava muito caso acabasse de uma vez.

Sentia preguiça de ir pra casa tão cedo e desistiu do cochilo reparador. Preferiu zanzar até às oito horas, quando já ficava tranquilo ir até Santa Cecília. Foi caminhando em direção ao IMS, fazendo um trajeto maquinal. Olhou a obra de Albert Serra, que a cada vez parecia mais desinteressante e sem sentido. Subiu as escadas rolantes olhando pra biblioteca e pras pessoas trabalhando em seus computadores. Guardou sua mochila e foi andando até a livraria, folheando lançamentos que ele procuraria mais tarde no Z-lib e no Libgen. Por último, sentou-se no café e pediu um bolo de mandioca, sem café nem chá como acompanhamento. Visitou uma exposição de um fotógrafo que ele não recordava o nome, cujas fotos estampavam muitos livros didáticos e matérias sobre a ditadura militar no Brasil. Havia uma seção inteira dedicada ao funeral de Pablo Neruda. Um homem que ele nunca vira antes se aproximou dele com uma câmera analógica e o fotografou de repente. A câmera fez barulho e a funcionária do IMS demonstrou incômodo. Era um gordinho desengonçado, usando um boné de aba reta, agindo dentro da galeria como se fosse um artista. Sabia por experiência própria que as pessoas mais pobres se deixavam fotografar mais facilmente do que pessoas ricas e de classe média alta, que em geral reprovavam ou se recusavam a esse tipo de intrusão. Dentro do museu aquele fotógrafo amador estava em uma zona limítrofe, onde aquele comportamento ainda era tolerado. Por mais pacífico que fosse, às vezes ele imaginava cenas em que decidia dar vazão à sua raiva interior e explodia de ódio contra algum objeto aleatório. Visualizou a cena: o gordinho sendo espancado por ele no meio da sala de exposição, pedindo por favor pra que ele parasse, enquanto Jonatas quebrava seus dentes e seu nariz com aquela câmera intrusiva e maldita. Quando caiu em si, ocultou-se rapidamente para o fundo da sala, na esperança de nunca mais rever aquele fotógrafo na vida, muito menos ver o que ele faria com a foto.

Ainda eram seis da tarde. Não tinha fome, nem queria gastar dinheiro com outra comida ruim. Ficou um tempo no celular vendo vídeos no TikTok. Uma professora de inglês dançando sensualmente em uma sala de aula, com seus alunos; uma moça simpática mostrando alguns de seus discos 10/10 de sua coleção de vinil; uma conta satírica dando dicas absurdas de relacionamento, sugerindo coisas como propositalmente estragar a comida de seu parceiro para testar a reação dele; um homem de braços fortes fornecendo conselhos amorosos enquanto corta alho e cebola. Fechou o celular depois de mais uma circulada pelo WhatsApp e o envio de algumas mensagens, incluindo a confirmação do bar às oito.

Jonatas?

Olhou para trás e era Afonso, um antigo colega de faculdade que agora morava em São Paulo. Afonso tinha uma editora pequena, que publicara alguns livros de vertente conservadora e começava a despontar depois de um dos romances editados ter ficado em terceiro lugar no prêmio Jabuti do ano anterior. Embora não gostasse desses encontros não combinados, achou que era uma boa para enrolar até as oito.

Afonso era muito falador, o que era ótimo, já que ele podia apenas fingir concentração, deixar que a conversa se espalhasse. Começou com o assunto poluição. Morar em São Paulo era o equivalente a fumar cinco cigarros por dia, ele viu em uma pesquisa. Depois, começou a falar das sucessivas derrotas da esquerda latino-americana. Afonso era fascinado pela esquerda. Parecia até ter assumido uma postura conservadora apenas para poder olhar melhor para os socialistas de um lugar estranhado.

Boric, Obrador, Castillo, Maduro, Fernandez, todos eles apontam para o futuro destino de Lula. Acabou para essa esquerda, não há mais espaço no mundo pra ela, começava Afonso. A esquerda não é capaz de se sustentar nesse novo mundo, ela morreu. Afonso era um homem que lia muito. Não era de extrema-direita: votara nulo em 2018 no segundo turno, é fato, mas optou por Lula em 2022. Estou relendo *O Capital* de Marx, ele diz. Continuo gostando muito do capítulo sobre a cooperação, que para mim é o coração do livro. Também adoro o capítulo sobre a acumulação primitiva. Mas é um livro do século XIX, suas ideias importam muito pouco nesse novo mundo e a esquerda não produziu nada de robusto. Agora, só há mercado, nada fora dele, a luta política do futuro envolve não só partidos, mas as empresas lutando umas contra as outras, enquanto os Estados serão apenas players econômicos em meio a disputas de mercado contra mercado. Não haverá, ou melhor, já não há mais uma posição externa ao mercado que possa atacá-lo e a esquerda não percebe isso, que só é possível agir por dentro dele.

Jonatas se perguntava como um entusiasta tão aguerrido do capitalismo tinha enfiado seu focinho na empreitada de construir uma editora, como alguém que amava tanto o dinheiro e a vida empresarial decidira apostar na literatura, mas deixou o amigo falar suas ideias à vontade, até porque não tinha também muito o que contra-atacar: gostava de Marx e até fizera parte de um grupo maoísta na juventude, mas há muito tempo ficava feliz em não saber de nada. A influência de Ricardo em sua vida, agora ele percebia, fora incontornável: despolitizou-se.

Depois de mais algumas xícaras de café e diatribes, Afonso estendeu-lhe um pacote. Era um livro, dizia ele, sua nova grande aposta editorial. Depositava todas as suas fichas naquele trabalho, que para ele transformaria o cenário cultural brasileiro, confessando que o autor era, afinal, ele próprio.

Jonatas aceitou o pacote sem se impressionar o tanto que talvez Afonso gostaria e guardou-o em sua bolsa. Agradeceu mesmo assim e perguntou o que o amigo faria depois do café. Disse que tinha um encontro em Santa Cecília com os colegas de casa, ao que Afonso respondeu que também ia para lá, mas para o Largo, encontrar outro grupo de amigos, fato crucial, mas que Jonatas esqueceria tão logo a noite avançasse. Foram juntos até o metrô e se despediram na saída, enquanto Jonatas se dirigiu sozinho pela rua ao bar na esquina da Jesuíno Pascoal. Chegou cerca de meia hora antes e guardou uma mesa, sabendo que os amigos iam se atrasar. O ambiente ainda não estava cheio da clientela que costumava beber em pé, formando pequenos grupinhos na frente do bar, mas algumas pessoas já ocupavam os barris improvisados como mesas, outras optavam pelo balcão. Perguntou ao garçom, um homem truculento e tatuado, quanto era a Heineken e ele riu, dizendo que no bar não tinha cerveja de playboy; Jonatas também riu, mas do absurdo da piada, num bar em que a cerveja Beck's de 600mL não é nada barata. Pediu então uma batida de café e um bolovo, que iria servir como jantar. Fuçou mais um pouco o celular e prestou atenção na música que tocava, um pagode alto; nas pessoas que iam para o banheiro e se demoravam um pouco mais, provavelmente cheirando carreiras de cocaína; na garçonete paraibana e simpática que o atendeu da primeira vez que ele foi no bar, muito solícita quando percebeu seu sotaque. E foi tudo, o boteco entrava naquele circuito de familiaridade em que nada parecia se destacar. Desembrulhou o pacote com o livro que Afonso lhe havia entregue, mas achou que pareceria muito afetado ler literatura no meio de um lugar como aquele e, de todo modo, não conseguiria se concentrar com o barulho. O livro também ainda não estava pronto, era um conjunto de folhas impressas. Deixou então o pacote aberto em cima da mesa, entre o copo com a batida e o bolovo, que ele se lembrou de comer, agora que não estava mais tão quente.

A rua começava a encher, o copo de batida agora ficava com mais pedras de gelo do que bebida alcoólica. Os minutos passavam arrastados enquanto no grupo do WhatsApp Dora dizia que iria se atrasar, o trânsito etc etc., mensagens que Jonatas já previa, uma eterna repetição daquilo que ele já leu e já viveu diversas vezes. Diogo ia chegar antes e sabe-se lá o que iriam conversar, ou talvez viria junto com Dora.

A verdade é que já pensava cada vez mais em ir embora daquela casa. Ainda não morava sozinho por preguiça e por gostar da Liberdade. Matou o tempo olhando o Quinto Andar. Talvez gostasse de morar em Santa Cecília ou perto de algum coreano do Bom Retiro. Mas o centro ia de mal a pior. Até mesmo ali perto, nos arredores do Minhocão, a coisa já estava insustentável, com moradores que se trancavam em suas casas após as seis da tarde, ou só saíam com sacolas de supermercado e maltrapilhos, como se confundindo com os noias. Pensava que a saída poderia ser fugir do centro; seu trabalho era praticamente o home office, teria que gastar apenas com o uber dos fins de semana. Mudou então a busca para Pinheiros e contemplou os pequenos apartamentos custando cinco mil reais.

Quando foi a última vez que esteve em Pinheiros? Em cinco anos morando na cidade, só havia ido três ou quatro vezes para lá. Uma delas foi com Dora e Diogo, indo assistir aquele filme tenebroso de Todd Phillips junto com Ester, a namorada de Diogo. A psicanalista parecia muito impressionada com o filme quando saíram da sala, falando sobre como era poético que o personagem de Joaquin Phoenix matasse a mãe, enquanto Jonatas só pensava em como a montagem do filme parecia ter sido feita no Windows Movie Maker. A única emoção forte que tivera daquela exibição foi o próprio clima da sala, transbordando do sentimento de que alguma coisa terrível iria acontecer: imaginava um lunático, caracterizado como o palhaço do filme, invadindo a sala e metralhando tantas pessoas quanto pudesse, às vezes usando uma única bala para atingir vários alvos móveis, enquanto os bonecos desengonçados correriam para a mesma saída e se empilhariam como corpos a serem abatidos em um tutorial de jogo de videogame, pisoteando uns aos outros enquanto as balas se alojavam em suas carnes. Ele vislumbrava a entrada de algum incel maluco destruindo tudo à sua volta, talvez um daqueles que citavam Dylan Thomas em sub-fóruns (desde então, ele não falara para mais ninguém que "rage against the dying of light" era um de seus versos favoritos, e seu sonho era um dia lançar um filme com esse título) onde planejavam tudo, organizavam a ação e eram aclamados como heróis. Sim, ele imaginava no escuro os vultos e depois as balaclavas, os canos brilhando e destruindo o filme, encerrando toda a experiência.

Ele sentia um frio profundo, como se faltasse apenas alguns segundos para que as rajadas ganhassem a escuridão, mas só o que vinha de fato era o barulho da pipoca sendo mastigada, os dedos cheios de manteiga, a Coca-Cola com gelo que Ester o passava, simpática, de tempos em tempos. Só no metrô sua adrenalina havia diminuído o suficiente e ele entendeu que não havia o que temer, não naquela hora, não naquele momento. A segunda ida para Pinheiros foi para pegar uma carona para Barão Geraldo, quando um amigo o convidou para dar uma palestra na Unicamp. Conseguiu uma carona que saía da curva da Abril por volta das quatro e meia da manhã. Tem muito viva a memória como um de seus primeiros dias em São Paulo, vagando pela madrugada com um pequeno guarda-chuva, se protegendo dos pingos que caíam como se fossem varridos não dos céus, mas das janelas dos apartamentos ao seu redor. Sua primeira e única ida a Campinas, onde falou sobre alguns de seus curtas, ainda não tinha lançado o seu primeiro longa-metragem. Era estranho pensar nisso agora, o quão isolado se pode ficar. Seu mundo era o centro de São Paulo e as videochamadas para Alagoas. Não precisava se deslocar muito, e isso não o incomodava. São Paulo era grande demais e ele preferia escolher para si apenas um pedaço que ele pudesse tentar entender, embora mesmo o pedaço que lhe cabia, o centro, fosse de todos o mais inexplicável e impossível.

Um casal se aproxima, após descer de um uber, e de longe ele os confunde com Diogo e Dora. Não, ainda não são eles. Pensa em pedir outra batida de café mas a melhor opção é uma cerveja gelada. Ela vem muito rápido e ele bebe sem pressa, calculando que esta será a primeira de muitas, enquanto se lembra da terceira e última vez em que esteve em Pinheiros, quando foi com Afonso — e ao se lembrar disso pega o embrulho com o manuscrito e o guarda no colo, vendo que a mesa já ficava um pouco molhada, o suficiente para talvez manchar a tinta do papel e tornar o livro uma massa de palavras deformadas — a uma parrilha famosinha. Afonso gostava muito do lugar, mas ele não via graça para além das bochechas de porco e do chimichurri, que deixava os hambúrgueres muito gostosos. Por sugestão do amigo pediu um short ribs que ele passou mais tempo tentando cortar do que propriamente comendo, cheio de gordura, cartilagens e ossos. Uma carne praticamente crua, fora do ponto, de péssimo gosto. O momento em que ele sentiu que era hora de pagar a conta foi quando, ao levantar para ir ao banheiro e esvaziar a Red Stripe que havia bebido, se deparou com um adesivo exibindo a face de João Doria, ao lado de outro com a cara de Luís Inácio Lula da Silva, vizinho, finalmente, de um adesivo estampando o rosto asqueroso de Jair Messias Bolsonaro, os três esperando que um jato de mijo banhasse as suas faces de plástico. Aquilo para ele foi o cúmulo da idiotice, mijou rindo, quase molhando a própria calça, gargalhando diante da tirada idiota daquele bar que já acumulava processos no MP por parte de deputadas feministas indignadas com as frases sobre crianças não serem bem-vindas no estabelecimento e a sugestão de que elas deveriam ser postas em coleiras e guardadas como cachorros. Pagou a conta exorbitante, um preço que não valia de fato o que era servido, e se despediu, jurando que nunca mais voltaria àquele lugar, nem mesmo em nome da amizade de Afonso, cheio de chefinhos de startups, publicitários pequenos burgueses que se achavam o Don Draper, patricinhas gostosas a tiracolo e altos-falantes com playlist de rock do Spotify repetindo as mesmas músicas do Bad Religion, evocando uma alma roqueira melancólica e ultrapassada.

Agora já contavam trinta minutos de atraso, o corriqueiro, e se ele se irritava e balançava a perna era sua culpa, porque preferiu se antecipar e não voltar pra casa, e sentia que era sua penalidade aguentar e beber mais uma cerveja sozinho, talvez um espetinho de kafta, o bar já lotado e ele lá, na mesa, as pessoas olhando aquele espaço excessivo ocupado por um único homem, avistado sempre que alguém ia no banheiro não-binário.

Outra passada pelo Twitter e pelo Instagram. Um delegado do Paraná, agora eleito deputado estadual, um velho vestido com uma jaqueta preta, meio headbanger velho, mostrava as algemas para a câmera e dizia para Mc Pipokinha que ele a estava esperando no Paraná, que o camburão já estava pronto para prendê-la se ela insistisse em fazer sua apresentação, em uma boate fechada, apenas para maiores de idade. Jonatas quase riu do erotismo evidente, do homem velho de cabelos grisalhos ameaçando com algemas uma funkeira. Não quis ler os comentários da postagem, apenas rolou o feed e leu as notícias sobre o fim oficial do Metaverso, enquanto uma pessoa citava um vídeo em que Roberto Justus defendia como a vigarice de Zuckerberg abria uma nova porta de oportunidades e todo um espaço no mercado, e Primo Rico, o apresentador do Podcast, concordava e incentivava o convidado a falar suas impressões acerca do futuro. Logo em seguida, uma moça de óculos falava do terreno que havia comprado no Metaverso.

Dane-se a internet. Com uma cerveja e meia Jonatas já começava a ficar sem capacidade nenhuma de concentração e puto com a demora de Dora e Diogo. O que estariam fazendo? Dora no dia anterior tinha saído pra beber na casa de Ângela, então provavelmente deveria ter levantado às quatro horas da tarde e passado horas de ressaca, ou se arrumando muito devagar, pelo menos uma hora para escolher a roupa, passar a maquiagem, colocar a ração das gatinhas. E onde estaria Diogo? Provavelmente enredado no WhatsApp, em mais uma briga com Ester, incapaz de sair de casa e pegar o uber antes de ter certeza de que estava tudo tranquilo, que a sua namorada não estava brava com ele, algo que ele nunca tinha certeza plena.

Jonatas estava arrependido, devia ter marcado no Moela. Queria comer algum daqueles bolinhos, tomar uma dose daquele drink de maracujá. Será que eles vão vir ainda, a essa altura? Então um tapa no seu ombro, Dora falando algo como segura aí que já volto, tô indo no banheiro e nesse meio-tempo eles conversariam e falariam mal de Diogo, que só chegaria uns quarenta minutos depois, e então ela lhe daria um abraço ao sair do banheiro muita animada e reclamaria, é claro, da ressaca, a maldita ressaca, que só agora começava a passar, como parecia com sintomas de chikungunya o que ela sentia, enquanto pegava um cigarro e se preparava para a chegada de Diogo, quando poderia se levantar e ir até o lado de fora do bar, fumar seu Marlboro vermelho, sentir o frio leve de 18ºC e quem sabe fazer amigos. Pronto, a noite começava, a última noite, aquela que duraria pra sempre. Diogo levantaria de vez em quando para cheirar pó, Dora sairia para fumar e traria uma menina pra mesa deles, faria amizade depois com um calvo esquisito, beijaria a menina, beijaria o calvo esquisito, e Jonatas vomitaria, ao chegar em casa, várias e várias vezes, tudo o que comeu, a kafta, o bolovo, e tudo que bebeu, a batida de café e a cerveja, transformada agora em um líquido ralo. Depois iria pegar no sono e roncar, diferente de seus amigos, um pouco mais sóbrios do que ele, que ligariam o jornal na sala, enquanto ele dormiria e não saberia se foi sonho ou verdade o momento em que as pessoas se amontoaram dentro do bar e trancaram as portas, chorando e gritando lá dentro, discutindo, dizendo que era um erro fazer aquilo, que era a pior decisão; enquanto outras pessoas pediam silêncio, para que ficassem quietas, os celulares muito baixo replicando vídeos com imagens do que acontecia a poucas quadras dali, imagens que correriam o mundo, imagens que, ao chegar em casa, um Jonatas sedado de tão bêbado não saberia dizer se pertenciam a um extrato da realidade ou da sua imaginação, talvez essa indeterminação fosse já uma estratégia para não lidar com o infame de tudo aquilo, com a noite que ele jamais esqueceria, com o que pareceu na verdade aos seus olhos bêbados um congelamento do mundo, um transe, uma dança em que os corpos se moviam como massas desengonçadas, trombando, se misturando, revelando o que há de mineral nos seres vivos, a capacidade de se aglutinarem e se separarem, mas também revelando o que há de inumano, a capacidade de destruição infinita, da qual ele jamais se esqueceria, quando finalmente acordasse no dia seguinte e começasse a se lembrar.

DORA

Se alguém se aproximasse do apartamento 22, naquele prédio na Roosevelt, não precisaria andar muitos passos para fora do elevador para ouvir a risada das meninas, Dora, Monique, Ângela e Gabi, que bebiam vinho e cheiravam carreiras na mesa da longa sala, quase um vão com um sofá, uma mesa, uma estante de livros, um rack com um aparelho tocador de vinil e alguns discos, poucos: um *Screamadelica*, um disco da banana do Velvet & Nico e um ao vivo da Elis Regina. Todos já tocaram e agora era a vez do Spotify, das playlists de música brasileira. O dia já amanhece e Branco, o cachorro, dorme; o tabaquinho está acabando, a cerveja é a última, Dora lista, enquanto puxa a descarga do banheiro e avalia as próprias banhas de frente pro espelho, sentindo-se mais gorda do que nunca, mais barriguda do que jamais foi, apertando um pneu e observando a forma arredondada que ela mesma considera hedionda, muito mais do que um inchaço oriundo das cervejas. Abre a torneira e joga água no rosto, incomodada com as olheiras que a maquiagem não consegue esconder. Hora de ir embora. Ângela a acompanha até o café embaixo do Copan, pra tomar o coado que sempre faz o dia começar e ao mesmo tempo terminar, essa insistência na vagabundagem de suas amigas e dela, cheia de freelas e noites mal dormidas, ouvindo uma história que Ângela já deve ter contado mil vezes, por trás de seus óculos escuros, sobre um filme que viu, com nome de animal, em que um massacre escolar era adiado indefinidamente, e dali ela pulava pra contar de um outro massacre em uma escola na Zona Leste, de um menino armado com uma faca atacando crianças de menos de 10 anos de idade e tias despreparadas pra conter alguém bem alimentado de canais redpill e outras cositas más, para finalmente ela falar do que realmente queria, que era esse clima de animosidade na cidade, essa vibe horrível de enfrentamento, e você percebe como todos estão tão carrancudos, de cara amarrada, prontos pra briga o tempo todo, e quando começou a discussão no caixa do café, entre a pessoa não-binária que atendia a todos com a simpatia que ela julgava merecida, contra o homem cis truculento e de barba mal feita, meio perfil de caminhoneiro com Ray-Ban falsificado, reclamando que a conta dele estava cobrando algum croissant ou outra bobagem que ele jurava de pés juntos que tinha pago, Ângela só faltou gritar: olha o que eu disse, tá vendo, as pessoas nessa cidade se odeiam, elas não se suportam, essa porra de São Paulo cheia de youtubers suicidas, almofadinhas apavorando os bolsos de todo mundo, gente que tá se estropiando de trabalhar e ódio, puro ódio, parece que está saindo dos bueiros o ódio nessa cidade, uma coisa desgraçada, e esses fotógrafos, você já percebeu que a modinha do momento é tirar fotos? Agora só o que você tem são fotógrafos, amadores, claro, porque profissionais praticamente não existem, mas esses carinhas que querem ser aplaudidos na internet, querem migalhas de buceta a partir dos baits jogados no feed, querem posar de artistas conceituais, todos esses idiotinhas que ontem foram críticos de cinema, anteontem foram DJs, hoje são fotógrafos amadores e amanhã deus sabe o que eles serão, talvez poetas, quem sabe os poetas voltem a bombar ano que vem ou no próximo, dizia Ângela, acelerada, talvez ainda tenha cheirado uma última carreira de pó no banheiro do café, esta maluca, pensava Dora, cada vez mais apreensiva em como o homem do Ray-Ban iria reagir ao fato de que uma nb não ia deitar pra ele, e realmente, o cara saiu puto, quase trombando na cadeira de Dora, mas tudo bem, porque depois chegou o café e era só tomar o coado agora, com a bolachinha que vinha junto com a xícara, e ouvir Ângela e suas teorias, Ângela que não parava de pensar no Zeitgeist, na violência da cidade de São Paulo, na atrocidade que eram os fotógrafos amadores se deliciando com suas imagens de mendigos, se aproximando, mas não muito, visto que são covardes e não sabem entrar e sair de lugares difíceis, tirar aquelas fotografias impossíveis, criar verdadeiras imagens, só se esbaldar e parasitar corpos de pessoas pobres, de um foco da Cracolândia, de um túnel, ou de uma família que decidiu morar em uma barraca no Anhangabaú, mas tem também os fotógrafos de skatistas, os fotógrafos que decidem flagrar esportistas, os fotógrafos de rodas de capoeira, os fotógrafos de esportes que sejam sexys e ao mesmo tempo com alguma aura de popular, porque os fotógrafos, assim falava Ângela, essa socióloga profissional, compositora frustrada disposta a fulminar toda a pobreza espiritual do presente, não passam de antropólogos fuleiros, os fotógrafos, assim como 99,9% dos artistas contemporâneos: poetas, cineastas, roteiristas, enfim, até os das artes plásticas, ou talvez principalmente eles, e os performers, viraram todos uns bandos de antropólogos vulgares, com sua politiquinha barata, dispostos a repisar as mesmas e mesmas teses de sempre, e Dora se sentia um tanto exasperada pelo ódio caudaloso de Ângela, mas elas já subiam em direção à estação Higienópolis, quando finalmente iriam se despedir e a voz de Ângela seria um eco distante, Ângela resmungando, Ângela ela própria um poço de ódio e impaciência, de abuso diante da cidade de São Paulo, mas porque não ia embora?, pensava Dora, já que São Paulo de fato não era grande coisa, mas talvez antes ou depois do sax que anunciava uma parada da linha amarela, já sozinha, Dora concluísse que Ângela, na verdade, por mais que fosse uma querida, era uma profissional do ódio, e iria odiar qualquer lugar que pisasse, qualquer lugar que morasse, porque a sua forma de demonstrar carinho e afeto pelas coisas que amava era destruindo-as com o poder da sua voz, apequenando-as, diminuindo-as, como se ela pudesse neutralizar o que sentia de fato, que era medo, angústia, ansiedade, diante dessas coisas todas, desse mundo imenso que tanto a assustava, e assim Dora se encheu de ternura pela amiga tão cheia de defeitos, mesmo que ela não soubesse nomear como ternura aquilo que sentia, e com essa ternura tímida e quase totalmente oculta, ela foi até sua casa, descendo a ladeira São Joaquim e, por volta já das onze horas da manhã, conseguiu alimentar suas gatas, limpar a água, limpar a areia cheia de cocô (que seus dois roomates, como sempre, se esqueceram de limpar, por mais que ela tivesse pedido antes de sair de casa) e finalmente sentar-se sozinha na mesa e comer mais dois pães com manteiga, não porque tivesse fome, não porque estivesse com vontade de comer exatamente pão ou manteiga, mas apenas porque ela não conseguiria mexer no celular e nos trocentos grupos de WhatsApp parada, precisava de algo que a fizesse mover as mãos e a boca, tanto melhor porque assim com a boca cheia de pão não enviaria áudios longos como costumava mandar, áudios longos com sua fala terrível e rápida, que ela sabia que irritavam especialmente os que não conseguiam acelerar a velocidade para 1,5x pois isso tornava a prosa uma maçaroca de sons indiscerníveis, e ela pensou especialmente em Jonatas, o que mais detestava seus áudios longos, o Jonatas que já deveria ter saído de casa a essa altura, assim como pensou em Diogo, seu roomate mais antigo, que com certeza estava no quarto dormindo, refletindo pela milésima vez se acabava ou não o namoro com aquela escrota, terminando talvez por bater uma punheta pra um vídeo no Pornhub enquanto ela comia ali tranquila seus pães, refletindo se não seria uma boa chamar Jonatas e Diogo para beberem hoje à noite, coisa que eles não fazem há muito tempo, e joga logo a proposta no grupo do zap sem pensar muito, antes que ela mesma se arrependa da ideia, e Jonatas responde rapidamente, Jonatas, o sem-amigos, Jonatas, o menino que vive em simbiose com o próprio computador, analisando projetos em editais, ganhando dinheiro, fazendo pareceres burocráticos, vez ou outra escrevendo seus roteiros, buscando maneiras de financiar seus filmes, Jonatas, o pendurado ao telefone, Jonatas, que tem milhares de contatos e amigos, mas que só interage por celular, o sempre pronto, quanto tempo faz que não toma uma cerveja com ele, o menino que, mesmo morando sob o mesmo teto, não consegue desenvolver uma conversa de mais de quinze minutos? Vai ser desafiador, ela pensa, saber o que ele anda fazendo da vida, tentar entretê-lo por duas ou três horas, encher a cara de cerveja, ela escovou os dentes antes de dormir? não lembra, enquanto se joga na cama e pensa em Jonatas, talvez até sonhe com ele, sonhe em um tempo em que ele sorria, sonhe com aquele menino chamado Afonso, que agora tem uma editora, que estranho sonhar com ele, e ele tem um monte de papéis debaixo do braço, um livro, os originais de uma obra, ele diz, entregando-a a Jonatas, que dará um tratamento e a transformará em um roteiro, e no futuro o filme estreará, ainda no sonho de Dora, e ela sabe da estreia do filme porque ele aparece em um grande painel próximo à estação da Luz, mas não a Luz de 2023 ou 2024, e sim uma Luz High-Tech, higienizada, bonita, uma Luz que compete com Dubai nos seus espetáculos de drones silenciosos, mas é claro que perde, uma Luz que na verdade é um intermediário entre uma possível Times Square do terceiro mundo e Balneário Camboriú, e nesse cenário pitoresco estava lá o grande filme de Jonatas, em uma Luz reformada, com menos mendigos, com uma circulação estonteante de pessoas e carros, com uma Sala São Paulo de fachada vibrante e convidativa, uma estação que assumia agora ares palacianos e uma atmosfera cyberpunk soterrada por uma opulência de shopping center a céu aberto, e foi esse o sonho que a atormentou até por volta das quatro da tarde, quando acordou e preparou ainda grogue um miojo e uma sardinha para o seu almoço, olhando o céu nublado que contribuía com o inexorável enfeiamento da cidade de São Paulo, uma série de nuvens que tornavam não só o céu mas o mundo todo um ambiente gasoso, um planeta em desaparição, enquanto ela pensava mais uma vez se Diogo enfim tinha saído de casa e as gatas, sentindo o cheiro da sardinha, a circundavam, as gatas, que viveram na rua pouco mais do que dias, mas ainda assim possuíam impregnadas em seu corpo um instinto impossível de ser eliminado, um desejo pela carne, pelo lixo, pelo peixe, por coisas que talvez elas nunca tenham sequer provado, e Dora sentia como isso era lindo, como os seres parecem nascer com certos impulsos que ninguém nunca conseguirá explicar a não ser se contradizendo ou invadindo terrenos perigosos, inóspitos, e como é lindo, no fundo, que as palavras naufraguem diante do que poderia ser o mais relevante, mas que se foda, que caralho de pensamentos são esses, eu não sou a Ângela, pensou, enquanto comia a porra do miojo turma da Mônica sabor tomate. Por que ela sonhou aquilo que tinha sonhado?, de que interessava se Afonso tinha um manuscrito novo ou não, ou se Jonatas ia finalmente despontar com um longa que seria bem distribuído, produzido internacionalmente, ganhando reconhecimento?, não se importava com nada disso, talvez Ângela falando sem parar de artistas fracassados, de antropologia de boteco e todo aquele discurso chato tenha inoculado alguma coisa em sua cabeça, ela que só queria se preocupar com a próxima matéria pra entregar, que já tinha a desaparição do jornalismo nas costas como um problema muito maior do que pensar na desaparição do cinema, das artes plásticas ou da literatura, e no fundo, para Dora, que desaparecesse tudo, que o mundo desaparecesse em animosidade para ela não importava, o que importava era que no final do mês ela conseguisse o dinheiro para pagar o aluguel, as cervejas, as roupas, quem sabe no final do ano fazer uma viagem, ou só descansar, descansar era o que ela mais queria no momento, em um ano que parecia mais corrido e atarefado do que nunca, mais ensandecido do que jamais foi, um ano que parecia ser a mera continuação do ano anterior, que deus sabe como iria terminar, mas desde então só vivia em torno daquele marasmo, o que importava para ela era o agora, o chuveiro quente com a resistência ainda intacta, talvez o primeiro ano em muito tempo em que ela, a faz-tudo da casa, não precisou trocá-la, o primeiro ano em que não houve uma infiltração, uma pia desabando, um problema na fiação elétrica, enfim, alguma coisa que os dois hominhos artistas seriam incapazes de resolver e teria que ser ela, a sapatão, a faz-tudo, que daria um jeito naquilo, e já sentia um ranço debaixo do chuveiro Lorenzetti quente, uma preguiça, um arrependimento fudido de, ainda de ressaca, e com essa tristeza do pó, ter que sair de novo para fazer um social com os seus dois colegas de apartamento, duas pessoas que eram seus amigos, ou foram um dia, mas que com o tempo se tornaram o que o Twitter chama de amizade de baixa manutenção, um termo idiota e corporativo para falar de ex-amigos, amigos distantes, amigos não tão próximos ou amigos que passaram ao status de desconhecidos, mas foda-se, ela continuava pensando, com um humor absurdo, talvez agravado pelo miojo com sardinha, uma comida que não pode cair bem em uma pessoa de 35 anos, de jeito nenhum, e a água do chuveiro caía e caía, assim como os pensamentos: Jonatas deve estar no IMS agora, ou andando pela Paulista, talvez ele chegue primeiro ao bar na Vila Buarque, e Diogo, deus sabe qual a atual situação dele, sempre se escondendo, sempre fugindo, mas acima de tudo sempre fingindo, demonstrando uma simpatia exacerbada e desnecessária até para quem não merece (principalmente para quem não merece), disfarçando com piadinhas o oco que carrega por dentro, mas tudo bem, hoje encontraria esses dois putos, falariam da vida, beberiam algumas cervejas, e seria esta, portanto, a última tentativa: a verdade é que os amava, não tinha muita certeza, mas gostava de dizer para Ângela, Monique e Amanda que as amava, embora o provável é que já não dava mais, que tinha que morar sozinha, tinha que se escafeder, e 35 anos não era idade de estar dividindo apartamento com amiguinhos, isso era passar recibo demais pra uma sociedade inteira de que você fracassou, não constituiu família e parece ainda presa a uma vida de estudante, é uma coisa assim meio síndrome de Peter Pan demais, universitária demais, e era muito melhor o estereótipo da sapatão com gatos, da mulher balzaquiana solitária que não curte homem e também não arrumou ninguém pra casar mesmo, é, se fosse escolher um desses estereótipos pra apresentar pra família, colegas de trabalho, conhecidos e motoristas do uber (30 reais a corrida até a Vila Buarque, pqp!), que pelo menos fosse algum que matasse a conversa mais rápido, e não um que gerasse mais perguntas, mais tentativas fracassadas de entrosamento, mais maneiras de afundar em tempos mortos. A noite estava esquisita de dentro das janelas do carro em movimento. O homem permanecia em silêncio a corrida toda, foi-se o tempo do uber tagarela, do uber que puxava assunto, ficaram agora esses autômatos silenciosos, tentando passar despercebidos, não incomodar, não gerar reclamações, não gerar conversas, e Dora viu a cidade toda não como Ângela a tinha descrito pela manhã, como um lugar em pé de guerra, cheio de animosidade, onde tudo estava pronto para explodir, mas como o exato oposto, um lugar onde todos passavam com medo uns dos outros, em seus devidos lugares, esperando que tudo ficasse inerte, que mais um dia se esgotasse, construindo pequenas bolhinhas, casulos de proteção: em alguns casulos cabiam os parentes, a família; em outros, talvez dois ou três pares de amigo, mas em todos imperava, a cada ano novo, uma impaciência, uma vontade de evitar e de ser evitado a todo custo, uma luta para não incomodar, para não se envolver em uma briga, em uma argumentação, em uma discussão, uma situação em que levantar a voz poderia gerar uma situação irremediável, sorrir para um desconhecido soar como uma afronta, uma série de provocações involuntárias, um mundo amarrado por compromissos e arames farpados, cheio de cercas e placas, alertas e avisos, e Dora sentiu um enjoo, uma gastura, medo de estar sendo maluca, pensando de novo em Ângela, contaminada por aquela retórica de mágoa e por onde andava Afonso hoje? Por que pensava tanto nele, e onde estavam esses fotógrafos idiotas todos que Ângela tanto falava, Ângela Ângela Ângela, por que o nome da ex-namorada de novo na sua mente? A noite parecia confusa, foi com certo alívio que o carro parou e ela disse muito obrigada, fechando a porta do uber e indo em direção à mesa em que já estava Jonatas, sozinho, e, maluco desgraçado, já duas ou três, três na verdade, garrafas secas de Becks de 600mL, e é claro que ele já estava um pouco bêbado, porque esse é o Jonatas de hoje, alguém incapaz de conversar com alguém sem estar cheio de cerveja, mas ela não fez nenhuma piada sobre a quantidade já bebida, sobre a pressa de Jonatas, sobre a impaciência, apenas sentou e esperou ele concluir uma mensagem no celular, terminar de enviar aquele texto que ela sabia pra quem era, para então sorrir e tentar puxar algum papo, descobrindo que depois de três cervejas ele já se revelava o artistinha narcisista que ele era (o que ela fez pra merecer isso, estar cercada de tantos artistas fracassados?, ela se perguntava frequentemente, mas não hoje, não hoje) e aí ela percebeu um manuscrito ali em cima da mesa, um monte de papéis como se fosse um roteiro ou um romance impresso, e Jonatas disse: é isso mesmo, encontrei com Afonso mais cedo e ... o que foi? Por que essa cara? Ele achou engraçado que ela tenha sonhado justamente com isso, um romance que virava um roteiro famoso, mas o que mais o intrigou foi a Luz, o centro de São Paulo reformado, com um ar classe média paulistana high-tech, uma coisa meio startup de Florianópolis, filme indicado ao Oscar convivendo com outdoor de coachs financeiros, coisas desse tipo, mas ele disse que pra sorte mística dela aquilo não era um romance, ah não?, e riram, finalmente riram, depois de tanto tempo mal se falando dentro do apartamento eles riram um com o outro, como se fossem realmente amigos, como se pudessem criar ainda alguma conexão, rindo dos pensamentos malucos que Dora teve, e falaram um pouco mal de Ângela, e da namorada de Diogo, é claro, antes que ele chegasse, e por que não falar mal dele também?, ele que se deu mal por não ter chegado ainda, eles três sabiam que era assim, o último a chegar e o primeiro a sair sempre se dava mal, no fundo essa era a raiz da amizade, um triângulo de fofocas, não de amor, ou talvez até de amor, mas baseado em uma capacidade de produzir discursos e classificações uns sobre os outros, sobre tentar montar, decifrar o que era o amigo com base nas palavras, nos defeitos, nas características, nas reclamações, e aí Dora se arrependeu um pouco da ideia enquanto conversava com Jonatas, talvez fosse legal continuarem morando juntos, com Diogo, inclusive, que chegou puxando uma cadeira e fazendo um comentário espantado sobre já terem bebido cinco cervejas e ouviu de volta uma piadinha sobre estar atrasado e retrucou com uma leve desviada de assunto, reclamando do bar, a porcaria de um estabelecimento hypado e gentrificado, um bar como qualquer outro mas que era conduzido por um chef famosinho, cheio de frescuras e preços caros, além de gente, gente pra caralho, aí ele começou a sugerir de novo o que ele sempre sugeria: ir pro largo Santa Cecília, e Jonatas fez o que sempre faz, que é dizer daqui a pouco a gente vai, vamo tomar só mais essa, e foram ficando, e bebendo também doses de cachaça, como se quisessem ficar bêbados rápido, como se quisessem dizer coisas uns aos outros que só diriam desarmados pela bebida, mas o fato é que não havia nada que eles quisessem dizer de tão especial, eles só riram, riram muito, eles não paravam de rir, e já nem sabiam mais o que acontecia, o motivo da piada, só que chegou um momento em que toda vez que Diogo dizia "não importa se todos nós morrermos" eles começavam a rir, rir sem parar, e Dora se perguntava em que momento aquela frase ganhou um outro sentido só pra eles, havia se tornado uma piada, e percebeu que estava bêbada, ok, não tão bêbada quanto Jonatas, esse que estava bêbado lavado e falando do roteiro/romance/livro de poemas ou qualquer coisa assim que recebeu de Afonso, que Diogo disse ter visto mais cedo no largo, quando passou por lá, uma informação banal que todos eles esqueceram logo em seguida, principalmente Jonatas, que ouvia aquela informação de novo, e Diogo reforçou mais uma vez, vamo ali trocar uma ideia com eles, mas Jonatas cortou falando do livro que estava lendo, de um autor trans muito hypado, e Jonatas disse que gostava muito de como ele praticava um tipo de materialismo histórico e dialético aplicado ao corpo, e Diogo mordeu a isca, porque disse que Preciado não tinha nada de materialismo dialético, muito pelo contrário, e Dora riu, sem entender porra nenhuma de fato, sabendo vagamente quem era Preciado por ter lido o *Manifesto Contrassexual*, um presente de uma ex-ficante, e não entendido muito bem se aquele papo de contrato envolvendo o sexo era uma ironia ou se o tal do Preciado tava falando sério mesmo, se ele achava que era necessário ou saudável aquele tipo de contrato, enfim, ela não sabia em que ponto a piada começava, e também tinha vergonha, ou não tinha paciência de perguntar isso a Jonatas e Diogo e levar um sermão, deixa pra lá, mas a conversa sobre o patriarcado já ficava entediante quando ela pegou o celular pra ver as horas e começaram os gritos, o barulho, e como se alguma coisa estivesse sendo derrubada, não dentro do bar, mas talvez no céu, como se uma mesa tivesse caído, com cadeiras e tudo, mas do céu, despencando nas cabeças bêbadas de todos eles, e depois um barulho que parecia de fogos, mas não eram fogos, com certeza, porque eram contínuos e espocavam na noite junto com os gritos, gritos muito altos e terrivelmente próximos; eram tiros, com certeza, e tiros não de armas fracas, mas pesadas, e ela quase sentiu o gosto de sangue na boca, como se os tiros fossem nela, e alguém apareceu correndo e tudo foi um só reflexo, Jonatas, bêbado, caiu no chão e quase foi pisoteado pela multidão que se amontoava, e Dora o ajudou a se levantar e abraçou Diogo, que tremia de frio, do nada, enquanto as portas do bar se fechavam com eles dentro, com muita gente dentro, e um menino e uma menina que foram acolhidos começavam a chorar, e todos tentavam manter silêncio mas, naquele aperto, era como se o calor produzido gerasse paradoxalmente um ar gélido, todos pareciam tremer, e era um nervosismo tamanho como nunca se sentiu. Dora às vezes, anos depois, fecha os olhos e ainda se vê naquela posição, apertada contra as grades vazias de cerveja e o balcão, espremida por Diogo e um Jonatas quase desmaiado, e ali eles ficaram por muito tempo, e ela não sabe quando foi que entendeu o que havia acontecido, algo que a acompanharia pra sempre, que abriram fogo no Largo Santa Cecília, que muita gente morreu, e que esse evento maldito e inexplicável aconteceu, e era real.

***

  Em algum momento soube-se que a polícia rondava o local e não haveria mais perigo, coisa que ela jamais iria acreditar dali pra frente, mas já podiam sair, e ela, Diogo e um quase desacordado Jonatas foram pra casa, sem conseguirem falar uns com os outros, em um clima de sufocamento como jamais haviam sentido, e o irônico é que o céu, depois de um dia inteiro nublado, agora parecia limpo, e era uma noite maravilhosa, cheia de estrelas, uma noite rara em São Paulo, como se o clima quisesse compensar algo pela catástrofe mas já fosse tarde demais, irreparável, eles não percebiam mais nada disso, conforme a noite avançava e se jogavam, cada um em seus quartos, Diogo ainda bêbado, Jonatas amnésico e ela, sóbria, sóbria de um jeito como jamais esteve, olhando para um teto que não rodava, como deveria ser pela quantidade de álcool ingerida, mas estava terrivelmente estático, mais paralisado do que nunca, mais vívido do que nunca, mais real do que nunca, como se aquele teto branco fosse um lembrete de que o verdadeiro horror às vezes acontece, e ela sentiu uma lágrima cair salgada de seu olho e atingir sua boca imóvel, tendo então que esfregar o rosto e lembrar que tinha que tirar a maquiagem que ela nem recordava de ter colocado, e de frente para o espelho ela chorou mais um pouco, sem entender que porra era aquela, como uma coisa daquelas podia acontecer, em uma noite marcada, em uma data específica, era julho, ela viu no calendário, e fazia 18ºC, talvez fosse disso que ela lembraria, que aquela temperatura de 18ºC marcaria para sempre aquela data, aquele dia; não tinha tido coragem ainda de pegar no smartphone, mesmo sabendo que, pelo modo como a luz azul aparecia nas laterais, sua mãe, sua família inteira, Ângela, amigas, todas deviam estar preocupadas; Dora se lembrou da selfie que tirou no bar da Vila Buarque antes da desgraça acontecer e pensou, bom, é só eu dizer um oi, tô bem, mas ela não conseguia se mover, o celular estava ali, piscando até descarregar, poucos centímetros ao seu lado, e ela queria dormir, mas não conseguia pregar o olho, então continuava parada, olhando pro teto, esperando o celular parar de agonizar, sem querer encarar o fato de que ela escapara por pouco de um massacre, que abriram fogo contra tudo que se mexia em plena Santa Cecília, e que amanhã ela pensaria a respeito, ela só fecharia os olhos agora, tomaria Rivotril, quem sabe, e apagaria, mas a verdade é que tampouco ela queria apagar, o mundo agora parecia um imenso oceano, ela flutuava na cama pensando/sem pensar, com a mesma roupa que viera da rua, até decidir fazer uma coisa de cada vez, a maquiagem já foi, agora tirar a calça jeans, tudo bem, o casaco, apenas de sutiã e calcinha ela continuou então olhando pro alto, depois verificou se as gatas estavam dentro do quarto e sim, as duas estavam lá, uma em cima do guarda-roupa, naquele lugarzinho que ela gostava de ficar, e a outra em cima da cadeira, junto com as roupas sujas que ela tinha que colocar pra lavar amanhã, sem falta; sabendo e não sabendo o que ia fazer, maquinalmente, ela passou a chave na porta e deixou uma luz meio azul no quarto, cada vez mais não sabendo o que ia fazer, desceu a calcinha e começou a se masturbar, pensando em absolutamente nada a não ser no contato dos próprios dedos com o clitóris, sentindo uma agonia profunda, misturada à vontade de gozar, gozar com muita força, gritando de raiva e acordando todo o prédio, que àquela altura poderia estar acordado mesmo, mas gozou rangendo os dentes, gritando contra o travesseiro, de bruços, sozinha, e continuou a chorar dessa vez, coisa que ela nunca fez na vida, porque achava ridículo como às vezes Ângela chorava depois de gozar, mas ela não chorou por ter gozado, ela gozou e depois chorou, são coisas inteiramente diferentes, mas por que ela se masturbou? Isso ela não saberia explicar, e nem sequer se perguntou, ela só dormiu, finalmente, agora, sim, mortalmente esgotada, sem saber ainda que Afonso fora fuzilado, que sua mãe não conseguira dormir naquela noite tentando ligar pra ela, e mesmo quando Diogo disse que estava tudo bem, a mãe continou com a TV ligada acompanhando as notícias, desesperada, e que foi a mãe dela que teve que dizer a Ângela que estava tudo bem, segundo Diogo; provavelmente Dora ainda se masturbava quando Ângela tentou ligar pela última vez, também ela com a televisão ligada, e com o WhatsApp e o Twitter em chamas, sendo atualizado a cada 30 segundos, transformado em uma verdadeira roda da fortuna, já durante a madrugada trazendo novas informações e hipóteses; Dora enfim dormiu e não se incomodou com os sons das sirenes, com as ambulância e os carros da polícia passando, com os gritos destemidos de mendigos bêbados gritando mais do que nunca pela São Joaquim, como cruzados, imodestos, desafiadores; não se importou com nada, exceto a vontade de mijar que começou o ataque por volta das cinco da manhã, e aí ela suportou uns vinte minutos até sair correndo em direção ao banheiro e sentar no vaso gelado, enrolando um pedacinho de papel higiênico enquanto percebia que sua menstruação, pra completar, tinha começado a descer.

    Foi até a sala esperando que Diogo ou Jonatas estivessem lá, mas tudo estava como ontem. Ligou a televisão sabendo que eram menos de seis horas da manhã, mas os jornais continuavam insones, na empreitada de escrutinar o ocorrido da noite anterior. Tudo que ela não queria era se tornar o que ela agora era, uma testemunha, uma sobrevivente, alguém com uma história para contar. Desligou a TV e voltou para o quarto, colocou o celular para carregar mas o manteve desligado, pôs uma playlist de shoegaze para tocar em modo aleatório, fechou os olhos e esmagou a cabeça contra o travesseiro. Sentiu que agora o que vinha era uma ressaca. Foi de novo até a cozinha e bebeu um copo d'água. Deitou de novo na cama. Meia hora depois, sentiu vontade de mijar. Repetiu o processo. Na terceira ou quarta vez que tomou água decidiu comer uma banana, pra quem sabe cortar o efeito da ressaca. Cagou logo depois. Eram quase oito horas da manhã e nem sinal de Diogo nem ninguém. Agora finalmente sentia um gosto estranho na boca e uma ressaca se adensava, a cabeça doía, mas não sentia enjoo.

A última coisa de que se lembra é da caixinha de remédios revirada com um único Tylenol de 1g pronto para ser engolido por ela. Depois disso, dormiu até meio-dia, finalmente, em paz.

DIOGO

Precisa adiar ao máximo a procura de um emprego. O dinheiro que sobrou da herança do pai está acabando. Gastou quase tudo em restaurantes caros, em livros, em luxos que sumiram até da memória. Em exageros que não se transformam em histórias interessantes, mas em outras formas de monotonia. Precisa de algo para se apegar enquanto o desfiladeiro se aproxima. Está vivo, e isso é bom. A gastrite e a gordura no fígado ainda não chegaram em estágios preocupantes. Precisa diminuir a bebida, parar com o café, largar os hambúrgueres e pizzas constantes, seus hábitos alimentares da pandemia devem ficar para trás. A tese avançou pouca coisa e sua bolsa acabou em fevereiro. É meio de junho e sua oportunidade está se esvaindo. Foram quatro anos de possibilidade, em casa. Não tinha obrigações, exceto o aluguel e a alimentação, as disciplinas da pós-graduação, a tese, sempre adiada. Mas há um momento em que o mundo cobra algum resultado. Queria ser um artista, mas não tem arte nenhuma a oferecer.

A casa se acumula de sujeira, mas vai adiar a faxina outra vez. Precisa comprar uma vassoura nova, precisa fazer tantas coisas. Sua tristeza lhe parece idiota, indiferente. A vida é algo que não acontece com ele.

Não faz muito frio, mas ele já não aguenta. Deseja o calor. A namorada volta domingo e ele espera que tudo corra bem. Precisa limpar a casa. O gato às vezes come o algodão e a sujeira, as migalhas de bolo que se espalham pela casa.

Ambiciona escrever, mas não possui um romance, ou uma ideia. Quer ser escritor mesmo que a atividade lhe pareça inútil. A falta de tesão pela vida se reflete no papel. O que dizer e como narrar são questões que o obliteraram e produziram apenas um mutismo maquínico. A vontade morre no nascedouro antes que se sinta capaz de acreditar.

Pensa no lugar onde agora vive. Liberdade. Gosta de caminhar pelas ruas e ver a decoração dos postes.

Se há uma coisa ainda, é a vontade de caminhar. Queria sair de madrugada pelo centro. Sentar-se em um banco na praça da Sé e assistir ao espetáculo dos mendigos e trombadinhas. Tem e não tem parte nenhuma com aquilo. Um dia, andando por lá, um moleque tentou arrancar-lhe o fone de ouvido que se encontrava apoiado no pescoço. Desvencilhou-se rapidamente, mas continuou baratinado, andando em círculos, fora de prumo, procurando exatamente para onde deveria ir.

Onde estão seus amigos? O que fazem? Arrisca sozinho ir a um show, uma peça de teatro, um cinema. Quando sua namorada está, o acompanha. Mas de resto, avatares no celular, mensagens de voz recebidas do outro lado do país, fotografias de festas para as quais não foi convidado.

Sente-se insuportável, chato, ou pior.

Outro dia foi ter com três amigos militantes. À uma hora da manhã já se encontrava entediado, metade dos amigos bêbados. Rasgou as ruas do Tatuapé no frio em direção ao metrô e chegou em casa feliz, aliviado. Contente de que mais uma interação social não foi um desastre, mas qual seria o desastre? O medo da vida o consumiu, criatura patética.

Sua existência quase mineral esbarra com o cheiro das coisas. Não se sente mais emocionado com nada. Precisa de um caminho, um norte.

Interrompe os pensamentos quando sua avó lhe manda uma mensagem. É uma foto, de mais de dez anos atrás. Está magro, com a cara chupada. Mostra a foto em um grupo de

WhatsApp e uma amiga lhe diz que não mudou nada, o que lhe ofende. Sabe que não é verdade e que agora está gordo e mal cuidado, embora na foto, jovem, lhe parecesse pior. Outro lhe diz que tem a "cara negativa", quase sem pele. Ri do comentário e morre a interação social.

Não possui nem sequer a dignidade do excesso. Ama de forma avara, hesitante. Só se manifesta mais naturalmente quando bêbado, despossuído de si mesmo. Açoitado pela vida aos 33 anos, não sente vontade de chorar. A vida vibra em sua medula, embora não sinta, vibra como erva daninha. Dentro dele há um animal aos grasnidos, da cor das pálpebras de um morto.

Perdeu a oportunidade de ser alguém doce, mas optou pelo lúgubre. Dentro de si ainda existiu um dia um chamamento, um ponto fosforecente, um desejo de atravessar o deserto e desvencilhar-se do cortejo de leprosos. Uma alma errante agora amputada, funesta, em oferenda ao demônio, ignóbil, inadjetivável. Está preso a si mesmo como quem precisa terminar um percurso. Gostaria de açoitar-se até a morte, livrar-se da penúria. Mas ainda não.

Rememora as discussões com a namorada. O dia em que a empurrou, acidentalmente. O dia em que ela lhe deu um tapa no rosto. O círculo de amigos, por acaso se afunilando, em uma espiral decrescente, onde só restam os dois, pálidos, isolados, sem ninguém.

Não consegue deixá-la, talvez porque pense no tanto de coisas que ela pode usar contra ele no futuro, então prossegue, à deriva, nesse barco bêbado, esperando alguma coisa pra além do gosto de morte na boca, ou um sexo rápido, feito como uma necessidade básica, um alívio, já nem mais se perguntando se ela está fingindo ou não, por mais artificial que tudo seja.

Deleta os romances inacabados do Drive, os projetos todos, agora substituídos pelas entrevistas de emprego em empresas de Dublin e Florianópolis, os cursos online, as propostas de ganhar dinheiro rápido sendo explorado em horas-extra. Dorme todo dia pensando no próximo fim de semana, na cerveja que vai aliviar sua mente, na quantidade absurda de coisas acontecendo que ninguém percebe, nos amigos que deixou pra trás, nos mal-entendidos.

Ouve as gatas miarem, Jonatas se levantar em direção ao banheiro, o barulho da descarga, a lembrança da namorada, sua família enorme e atenta, seus amigos enxeridos e barulhentos — mas também aquela psicanalista simpática que comenta que ele é um obsessivo. Um dia horrível como sempre — pensa em Maceió, no vento frio que acontece em alguns poucos apartamentos de lá, sim, frios, obra-prima de alguns arquitetos anônimos, que fazem com que a brisa penetre nas salas como um alento, uma forma de paz, de alegria, de utopia, em meio às ilhas de calor.

Desiste de tudo. Deletados os arquivos de projetos inconcebíveis, deixa a cama ainda desforrada e abre o celular, verificando vídeos enviados: trechos de podcast, pedaços de stand-up, mulheres rebolando, teorias psicológicas furadas.

E foi aí mais ou menos que acordou com um estalo, naquele momento, quando a lixeira do computador foi esvaziada e decidiu que era um recém-convertido, rendido à vida adulta, prestes a distribuir currículos. Era hora de clamar por piedade no mercado do marketing digital, e que se danem a arte, a política, a vontade imbecil de mudar o mundo. Sentiu-se leve como nunca antes, pela primeira vez em conexão rítmica com as coisas. Já estava cansado das mesmas ladainhas, que ele também reforçou por tanto tempo, era hora de tomar parte naquela loucura toda, fazer por si mesmo o que ninguém poderia fazer. Queria ganhar dinheiro, era isso, e estava disposto a sacrificar o quanto de tempo puder para aparecer pro mundo como alguém feliz. Faria um filho, dois ou três em Ester. Teria um carro. Casa na praia. Daria de ombros para o genocídio em curso. Travestis, meninos, indígenas, mulheres, mendigos. Todos morrendo e morrendo em um massacre sem precedentes, divulgado para quem quisesse ver e mesmo assim invisível. Mas a guerra é total. Em breve vai sobrar também para os pequenos burgueses, vão chacinar alguns brancos de esquerda da classe média, e aí será uma comoção. A máquina vai triturar todo mundo, mas nem todos serão lembrados. Nada a ver com isso, repete, como uma novena, não tenho nada a ver com isso.

Escovar os dentes. Engolir uma fruta. Há muito tempo tudo são gestos automáticos. Por que tentar fingir que seria diferente? Ester voltará em breve. Fingir para o resto da vida que não a empurrou da última vez em que discutiram, não vale de nada ceder ao remorso (tampouco se lembrar do sexo sem camisinha contra a vontade dela, ano passado, durante a pausa do anticoncepcional). Os animais o circundam. Quase tropeça neles e vai até a sala, onde estão os livros nas estantes, sem saber que serão em breve descartados para sempre. Folheia alguns que não leu, com cheiro de novo e passa os dedos por livros de Hegel ainda no plástico. Retira da prateleira um e outro, abre nas páginas exatas daqueles parágrafos de que vai se despedir para sempre. *O tempo continuará ruim, diz ele. Haverá mais calamidades, mais morte, mais desespero.*

Não há a menor indicação de mudança em parte alguma. O câncer do tempo está nos comendo. Nossos heróis mataram-se ou estão se matando. O herói, então, não é o Tempo, mas a Ausência de Tempo. Precisamos acertar o passo, em ritmo acelerado, em direção à prisão da morte. O tempo não vai mudar.

A esquerda será massacrada nas urnas, pagando por toda a idiotice de insistir em um mundo que não existe mais. Onde está a geleia de pimenta? O barulho das gatinhas triturando a ração é o que se ouve pela casa, além do som dos motores dos carros na rua São Joaquim chegando distantes, como o ruído de insetos metálicos, entrecortados pelos alarmes dos estacionamentos. O alarme da Alexa dispara, aleatório, e depois de pedir para ela se calar ela diz, sem ser perguntada, que a temperatura é de treze graus, teremos trovoadas, céu nublado e a máxima de dezoito. Há uma casca de banana escurecendo ao lado do sofá. Nem Jonatas nem Dora em casa? Não, pela ração colocada no prato das gatas, Dora está no quarto. Enquanto toma um Nescau, Diogo vê no grupo do WhatsApp que Dora e Jonatas combinaram de beber em Santa Cecília, e ele sabe que esta pode ser uma despedida, também deles, agora que se imagina morando com Ester, longe e livre, trancafiado em um apartamento de luxo, agora que ele começa a ser contagiado por outro tipo de desejo, que sente crescendo aos poucos a necessidade de ficar rico, a vontade de viajar, de ser contratado por uma grande empresa.

O chuveiro já começa o trabalho de levar embora as células mortas, dando lugar ao novo homem que está se tornando. Não se importa mais com o cheiro de merda da rua Helvétia, próxima à casa de Ester, nem com a solução para os problemas da Cracolândia. Prefere que a cidade seja comandada por mãos de ferro, tomada por alguém que dê um jeito na situação? Na verdade tanto faz. Tanto faz. Não torce pela morte, mas também não sofre mais, entregue à apatia de que de fato muita gente está morrendo, e muita gente vai morrer, mas ele, do alto de sua impossibilidade de agir, não tem culpa de nada. Aos poucos, sente, crescendo ali dentro, o desejo de que todo o centro seja remodelado, de que os planos de gentrificá-lo deem certo, que o bairro da Luz se torne um palácio cheio de mensagens em neon e os prédios antigos da cidade sejam o prenúncio de uma nova era. Nada lhe interessa mais, a privatização do Metrô, as quedas de energia na Zona Leste, o engarrafamento na Marginal Pinheiros.

Entra na internet e vê um novo vídeo de Guilherme Boulos, sorrindo confiante e falando de seu carro velho. A esquerda será massacrada. Pensa em menines não binários trabalhando nas startups e conclui, com um certo ranço de tudo o que foi, que eles é que são o futuro, e que se o mundo é feito de mercadorias, o certo e único a se fazer é ganhar dinheiro e comprar. Há uma catástrofe em curso com poucas chances de ser remediada. Há um excedente populacional que vai morrer em breve. As inteligências artificiais darão um último golpe no mercado de trabalho. Não se sente cínico, só cansado de fingir o que ele não é mais.

De repente se tornou uma lista de tarefas. Cancelar o curso de alemão. Se matricular na academia. Ir a um psiquiatra. Percebe que está começando a torcer para que o receitem um Escitalopram. Um creme para o rosto, protetor solar. Pequenas coisinhas que devem ser feitas, como passar o fio dental todos os dias antes de dormir. Trinta e três anos e o entendimento de que a vida adulta é esse tempo sacrificado sempre para os outros, uma entrega a esse mundo sem qualidades. Trinta e três anos seria o suficiente para se ver a aparição de um gênio. Como até aqui nada aconteceu, é hora de dar por encerrada a procura de um outro tempo.

Mas não voltaria para Maceió, isso era certo, não porque não gostasse de lá, ou pensasse que não poderia ser feliz, mas porque não queria cruzar com os mesmos rostos que o lembrariam de quem um dia ele foi, de quem ele poderia ter sido, e também não se manteria mais muito tempo em São Paulo, já que Ester também queria sair de lá, e sua última ambição talvez fosse a de ir morar em outra cidade, ou quem sabe outro país, onde seu círculo de conhecidos seria menor e ele poderia se mover para direções que nem mesmo poderia imaginar ainda, mergulhando enfim nas profundezas do agora, calculando, gastando, comprando, economizando, fazendo com que todo dinheiro e movimento virassem uma forma de investir em si mesmo, apagando aos poucos seus traços de ambição pessoal até se tornar apenas uma criatura automática, feliz em seu torpor e sua busca por uma aparência impecável de sucesso. Era tranquilo e fácil como sentia a transposição, a passagem para o outro lado da fronteira, os pés gelados como se já estivesse seco da travessia do rio, em um ambiente agora controlado apenas por si mesmo, desconectado de tudo que um dia o moldou. Não foi nesta manhã, é fato, de súbito, que decidiu que não seria mais o que foi e abriria os braços para esse outro; há muito tempo ele vem cultivando essa possibilidade, essa alternativa, geminada em silêncio, crescendo nas sombras, à espreita como uma fera, aguardando o momento de entrar em cena, que era agora, sem dúvidas, depois de anos calada, se esgueirando dentro dele, ainda acuada, mas agora forte e destemida, disposta a dilacerar o passado e as visões de mundo caducas deixadas para morrer. O sacrifício é gozo. Nunca mais contaria o quanto pode ser gasto por dia, nem tocar mais no assunto dinheiro a não ser como uma forma de acumulação. Quem sabe no futuro ter funcionários e seus próprios negócios.

Ester lhe disse no WhatsApp que estava com saudades, coisa que ele não acreditou muito, enquanto mentia de volta sobre o quanto também estava sentindo a falta dela. Voltou para a cama e lá ficou até as quatro da tarde, deixando a música tocar, uma playlist de jazz que o ajudava a se esquecer de tudo. Almoçou alguns baos comprados naquele lugar que não lembra o nome, em frente ao Hot Pot da rua da Glória, com Coca-Cola. A nova vida ainda parecia a mesma da anterior, grudada ao celular no bolso, preocupada com o cartão de crédito do Nubank e o medo de ter a conta extraviada, tendo que começar tudo outra vez. A nova vida ainda cruzava com mendigos em direção à Sé, ainda era feita de medo de atropelamentos, de um fedor que infecta as narinas e não vai embora, de um congestionamento nasal que nessa época do ano parecia intermitente. Ainda tinha fome, desejava um hambúrguer com muita maionese, uma dose de cachaça, uma passagem só de ida para outro país, nisto ele não parava de pensar, talvez para que os outros se lembrassem dele como alguém que não estava mais lá, no Brasil, mas fora, muito longe, cercado de pessoas que falavam uma língua totalmente diferente da sua, as quais lhe dariam uma desculpa finalmente pela inadequação, o justificariam em sua timidez, permitiriam a gagueira, o mutismo, a introspecção, a reserva.

Detestava Dora e Jonatas? Talvez não. Jonatas era um fracassado como ele, embora ainda mais depressivo e calado, com seus roteiros e pequenos curtas. Se ele, Diogo, fracassava ao não publicar nunca, escondendo seus manuscritos, fingindo para todos que não escrevia e seu maior sonho até então era ter um romance publicado, Jonatas fracassava justamente ao publicizar, ao colocar no mundo freneticamente, ao escrever roteiro atrás de roteiro e filmar apenas como uma desculpa para circular por pequenos festivais e rever o seu pequeno círculo de amigos, essa pequena comunidade de pequenos diretores com seus filminhos experimentais, curtas exibidos em mostras queer e tapinhas nas costas em festivais que prometiam qual seria a nova tendência do cinema brasileiro, estagnado há tantas décadas. E quanto a Dora, estavam lá seus poemas, suas músicas. Era curioso que eles três, que mal se falavam em Maceió, agora dividissem o mesmo apartamento. Jonatas, ele quase não encontrava. Dora aparecia bêbada, com suas namoradas, moídas pelo sexo, vagando como formigas pelo apartamento, ajudando-a a organizar uma coisa ou outra. Ele respeitava nela esse senso de prazer desenfreado, embora soubesse que no fundo ela o considerasse um abusador, um machista escroto, e Ester, no mínimo uma pobre coitada, no máximo uma chata. Há muito tempo não sabia o que era ter um amigo, ou talvez eles dois fossem o mais verdadeiro que ele já teve em matéria de amizade, pessoas a quem ele seria capaz de enfileirar tantos defeitos que levariam um ouvinte a ter que escutar horas e horas de ladainha.

Olhou para a vista do prédio como se fosse a última vez, vendo o relógio do Conjunto Nacional ao longe, ainda mais borrado do que ontem, os carros subindo a São Joaquim, como se de cima os postes estilizados da Liberdade fossem faixas ou marcadores de passagem. Os prédios pareciam todos abandonados, como aquele em frente, onde no terraço, às vezes, jovens treinavam kung fu, ou o prédio brutalista com a palavra Ginza escrito na lateral, que ele jamais soube o que significou. Podia ver também a academia de ginástica, a padaria, pequenas coisas que ele iria esquecer, agora que se preparava para não mais ver essas luzes à noite, quando levantava de madrugada para beber água. Nunca morou tão alto, tão distante, ao mesmo tempo em que nunca teve tanta companhia, a ponto de às vezes se sentir sufocado por aqueles dois amigos, não porque conversassem muito em casa, mas porque os ouvia urinando, arrotando, cantando, ouvia os gemidos das namoradas de Dora, os dedos frenéticos de Jonatas no computador, a voz ressabiada deles falando com seus pais, as cartas de Tarot jogadas na mesa (ele avistou, antes de fechar a porta, a torre e o nove de espadas).

O solavanco do elevador o colocou em algum lugar próximo à realidade, já sentindo que talvez suas ideias da manhã tenham sido um pouco precipitadas e que levaria tempo para que sua vida chegue aonde ele quer. A torre. O nove de espadas. Sentia medo desde o começo do ano, como se a realidade fosse colapsar, não a exterior, mas a sua, seu eu interior, e tinha medo de ter a qualquer momento um surto psicótico, como Althusser, o filósofo que ele mais estudou em seus tempos de marxista no movimento estudantil, que enquanto massageava a sua esposa perdeu o controle e a estrangulou, Diogo sentia medo, percebendo a cada ano que passava como as pessoas ao seu redor enlouqueciam, surtavam, contraíam fobias, desistiam de sair de casa, somatizavam, eram devoradas pela loucura, uma após a outra, péssimas, depressivas. O elevador descia e ele só pensava em não surtar, em parecer cada vez mais normal, sadio, funcional, dentro da norma, da razoabilidade.

Santa Cecília fervilhava. Há muito tempo não ouvia aquelas músicas: traps, funks, sertanejos misturados à música eletrônica. Era impressão sua ou o último hit sertanejo começava com um som de arma engatilhando, depois da primeira frase cantada? O som de armas engatilhando na sua cabeça. A impressão de que faria um tempo muito ruim hoje à noite, aquela sensação esquisita. Se sua avó estivesse em casa lhe diria, meu filho, não saia não hoje, tenho um sentimento ruim. E o sentimento ruim era o que ele sentia, talvez o começo de um novo moralismo, as músicas se misturando, cheias de verbos no imperativo, e pra ele era indiferente, ou ao mesmo tempo horrível, como se tudo aquilo o mandasse dançar, o obrigasse a sorrir, o colocasse contra a parede ordenando que fosse feliz agora, imediatamente, uma euforia imposta que ele não sabia como manusear, apenas seguir em frente, em direção ao outro barulho, o do pagode da esquina, virando também logo em seguida à esquerda, em direção ao bar, quando todos esses sons se afastaram de vez e ele via já ao longe seus dois amigos, sentados, afinal se atrasara, fazendo nada, comendo o último bao que havia sobrado do almoço, pensando no que poderia fazer para melhorar a própria vida e no sentimento ruim, como se um massacre estivesse prestes a acontecer, como se a morte fosse algo à espreita, a morte ou a loucura, sempre à espreita, aqueles amigos seus que enlouqueceram, os outros que ele sabia, mesmo que não dissessem nada, que pensavam em se matar, e era isso a juventude agora, vontade de morrer, doenças mentais e uma alegria imposta, forçada, como se fosse obrigatório se animar e não houvesse outro jeito a não ser aquela alegria truculenta e ele com aqueles pensamentos moralistas, afinal não há nada de errado com nada, não há nada de errado com a música, nada de errado com a esquerda que vai ser massacrada nas eleições, tudo está em seu devido lugar, como deveria estar desde sempre, como vai estar de qualquer jeito, e ele que agora termine ou abandone de vez essa tese, da mesma forma que deletou todos os arquivos com seus projetos de contos e romances ruins, ele que se vire, ele que entre pra o mercado corporativo.

Sua avó dizia que ele era especial, que ele tinha uma energia espiritual muito forte. Uma macumbeira da vizinhança uma vez ficou muito tempo o benzendo, disse que ele podia ver e ouvir espíritos. Diogo pensa que se adulto ele começar a ver espíritos é porque de fato surtou. Ele tinha sonhos premonitórios, às vezes, antecipava o futuro, mas era um poder que não adiantava de muita coisa, porque o sonho só se explicava quando as coisas aconteciam, só então ele conseguia decodificar os sinais que sua mente lhe dava, os signos anteriores que indicavam o que estava prestes a suceder (Dora também confessara a ele, certa vez, o mesmo dom). Vai acontecer um massacre, ele pensava, cumprimentando Dora e Jonatas, este já bêbado, limpando um conjunto de folhas molhadas em cima da mesa, dada por seu amigo, editor e escritor.

Foi estranhamente divertido, enquanto ele encarava aquilo como uma despedida, dando até uma certa nostalgia, uma saudade daquele momento que iria passar pra sempre e nunca mais iria se repetir. Ele queria ser bem-sucedido, o que implicava em talvez nunca mais encontrar com Jonatas e Dora na vida, o que não deixava também de ser uma perda.

A torre. Os vultos que via na infância. O espectro que disse a ele, em um sonho, com sete anos, numa luz que quase o cegava, que ele, Diogo, tinha um dom, e a luz dizia, eu te concedo este dom, e dizia também, use com sabedoria este dom. Ele era maluco? Sua vida toda era uma luta para recalcar aquilo que poderia ter explodido? Agora é tarde demais e o fato é que desligava às vezes, não ouvia as conversas muito bem, mas percebia Jonatas bêbado como não ficava há muito tempo, e Dora sorridente, também como há muito tempo. Definitivamente algo vai acontecer, pensou, quando então veio o estrondo (ou o que ele vai lembrar como sendo um estrondo), mas na verdade foi uma correria, um barulho de metralhadora, primeiro distante, em poucos segundos terrivelmente perto e o bar se fechando.

Homens, ou meninos, ou pessoas, chegaram atirando em todo mundo no Largo Santa Cecília, mascarados, matando tudo que se movia, entrando nos bares, nos Johnny's, nas pizzarias, por um milagre não entrando ali na Jesuíno Pascoal e seguindo direto, atirando nos cafés, nos restaurantes, nas lanchonetes, na pequena livraria de bairro, pulando e gritando e dançando.

Apertados ali no bar, as pessoas choravam e até ele sentiu que estava tremendo mais do que o habitual, enquanto Jonatas de tão bêbado parecia desacordado, oculto entre os próprios braços, sentado na mesa, tanto melhor, pensou, enquanto Dora chorava e permanecia em pé, tentando entender o que acontecera, até que aos poucos os choramingos foram cessando e aquele corpo coletivo trancado no bar percebeu que era melhor que entrassem em uma confluência, calassem, emudecessem enquanto os tiros espoucavam ao longe, e Diogo se sentiu em uma guerra, em um lugar invadido por uma força inimiga, sofrendo um ataque, no centro da guerra total, deslocada agora e atirando nesses menininhos de esquerda da classe média, muito pouco perigosos, todos encolhidos, impotentes, sonhando pelo momento em que aquela porta se abriria de novo e o ar poderia ser respirado, o que aconteceu minutos depois, quando alguém disse que tal abrirmos a porta, o barulho cessou, e era espantoso porque a madrugada já estava se enfraquecendo, o que significava que eles passaram horas ali, paralisados de medo, e o tempo passou muito rápido? Não, na verdade, muito, muito devagar, uma eternidade ali aqueles corpos aglomerados, sobreviventes, por algum milagre, e todos saíram aos poucos, chorando, vendo uma cidade em chamas, com tonéis e pneus queimando por toda parte, revirados, uma revolução em curso, barricadas formadas em diversos pontos e uma rede de internet inteira desconectada. Havia um rastro de corpos não só de jovens, adolescentes, mas de travestis, meninos negros, mendigos e policiais, muitos policiais também, o que era estranho.

    O metrô não abriu naquele dia. A cidade estava paralisada, quase não tinha uber, mas por um milagre conseguiram uma carona que os levasse, algum amigo corajoso de Dora que não deve ter entendido o que aconteceu na madrugada. Jonatas, ainda muito embriagado, como se o seu corpo tivesse decidido o poupar da realidade, murmurava algo no banco traseiro.

    Mulheres vieram à sua cabeça, mas nenhuma delas era Ester, pedaços de rostos que vira no largo, pernas na Jesuíno Pascoal, bundas espalhadas aqui e ali, e Ester finalmente ressurgindo em meio a essas figuras evanescentes, desmanchando-se quando algum barulho o alertava: o corpo de Jonatas caindo na cama, o arroto de Dora, a impressão de um vulto passando, a ficha caindo de que um amigo de Dora os levara para casa, todos atordoados, sobreviventes de um evento que às vezes achavam que não havia acontecido.

Ligar ou não a TV? Pegar ou não o celular? Melhor o sofá, viver este não momento sem condições de reagir, enquanto Dora se trancava no quarto e Jonatas roncava estrondosamente; as gatinhas se aproximaram da nova ração colocada e, após comerem, foram para perto de Diogo, uma em seus pés e a outra em seu peito, fazendo pãozinho até achar uma posição confortável o suficiente para se aninhar. Diogo teve que se manter torto no sofá, imobilizado pelas gatinhas ronronando, talvez de saudade ou de cansaço, depois de uma madrugada inteira esperando os seus donos.

Tomou coragem depois de meia hora e se levantou enfim, com as pernas dormentes, mais uma vez sentindo o vento do vigésimo segundo andar e os prédios, que amanhecem frios e indiferentes a mais um dia, depois de um evento inominável, esquisito, uma situação da qual ele ainda nem sabia ao certo a gravidade, pra além dos boatos ouvidos no bar. Talvez Dora já estivesse vendo vídeos e lendo notícias sobre o ocorrido, mas ele resistia, preferindo folhear o conjunto de folhas deixado em cima da mesa, o manuscrito de Afonso, amigo de Jonatas, um tanto pisoteado e amassado agora depois da confusão no bar, além de um pouco molhado de cerveja também, grudento. Não tinha cabeça para ler, mas via as frases se formando e deformando na página. Não era um romance, como pensava no início, mas um livro de poemas. O título era "Vocabulário Pálido', e ele leu algumas vezes o que era o primeiro poema:

quero um poema que ame o conflito
e não tenha medo
quero um poema inadequado
um poema que grite
quero um poema que não respeite nenhuma etnia
e nenhum orixá
quero um poema que abrace a catástrofe e se enlameie

em tudo que há de efêmero
quero um poema que prescinde da linguagem dos fracos
um poema que agrida
que não tenha respeito por nenhuma lei e não seja filho
de nenhum pai
quero um poema que não precise de liberdade, paz,
autonomia
quero um poema totalitário
fascista
claustrofóbico
mudo
intransmissível.

Soltou o livro com desinteresse e também uma sensação ruim, como se aquilo não combinasse com a figura de Afonso. O poema era ruim, definitivamente, pensou, enquanto deixava para lá aquele manuscrito estranho, que começava por um poema pedindo uma poética fascista. Antes de dormir, ainda uma última vez, desejou mudar de vida em definitivo, o poema de Afonso agora funcionando como uma confirmação, um sinal de que precisava deixar esse mundo falido das artes e da política de esquerda e abraçar a vida real das empresas, das startups, dos pais de família que ganham dinheiro para cuidar bem de seus filhos.

ELES VINHAM COMO QUEM VINHA DO REINO DOS MORTOS

A televisão já estava ligada quando Jonatas despertou com muita sede, rastejando até a cozinha, onde recolheu da pia um copo sujo, com atrações de um festival de música escritas ao redor; jogou água para tirar a sujeira visível no plástico e voltou a enchê-lo depois, dessa vez do filtro, sentindo a língua amarga e quase abatida, um gosto de atraso e fastio. Sua barriga roncava. Abriu a geladeira e catou o patê de atum já aberto há muito mais de 72 horas; pegou uma faca, espalhou o patê numa fatia de pão de forma e comeu enquanto observava, em pé, primeiro Diogo e Dora abatidos no sofá, e depois o plantão jornalístico ao vivo na televisão, aos poucos o auxiliando a aterrissar no mundos das notícias e acontecimentos irremediáveis, no mundo linear e mandatório dos fatos históricos e da cronologia ocidental, onde uma coisa se sucede a outra e o tempo é uma linha reta, deixando tudo que não importa ao progresso para trás.

Entendia que era, como Diogo e Dora, um sobrevivente, alguém que precisaria viver em um universo que o poupara para ser uma testemunha, ou talvez para nada, o que seria mais assustador e insuportável, ao menos ter uma missão imbuiria sua vida de algum sentido ou propósito, transmitiria aquilo que agora crescia dentro de si, a experiência de ter tocado algo muito ruim, uma quebra de qualquer pacto, a certeza de que aquele conforto era só uma ilusão de cada segundo perigoso. Pôs-se então a recriar na sua mente aquilo que não viu, afastando-se da televisão e do jornal, criando seu próprio evento, seu próprio pesadelo, reconstruindo uma cidade invadida por um batalhão inimigo que parecia emergir de dentro dela mesma, um reino de forças incontroláveis.

Imaginou ao longe uma música alta tocando e eles, eles que vinham como quem vinha do reino dos mortos e pareciam mudos, saindo da estação Santa Cecília como se brotassem das profundezas da terra, eles não estavam em silêncio, dançavam e pulavam em uma mistura de marcha militar e bloco carnavalesco, todos mascarados e armados com revólveres, pistolas, granadas e fuzis, alguns com morteiros, contaminando o ar com seus cantos e suas vozes, embora a cidade parecesse uma maquete, um grande projeto cenográfico, e a impressão fosse a de que eles estivessem calando o mundo: não dava mais pra ouvir o menino da Hilux falando que o pau tava torando nem a Pipokinha dizendo bota bota na Pipokinha nem a Ana Castela falando que o beijo dela ia viciar, embora tudo isso estivesse embolado tocando nas caixas de som e as pessoas agora iriam lembrar ou esquecer, não importa, elas iriam pensar no que estavam fazendo, falando de horóscopo, bebendo litrão, hahaha boletos, fofocando, falando de uma brochada, de uma talaricagem, de um dorama, de um mapa astral confuso, quando veio a rajada de tiros, aquela que não dá pra descrever; qual o barulho de tiros? ratatatatata ou então tectectectec ou tratratratratratra, nenhum barulho ocorreu a Jonatas, nenhum capaz de descrever o que aconteceu, as mesas de plástico voando, os corpos de jovens com bonés do MST, barbudos de saia, meninas de cabelo curtinho descolorido, a televisão passando o campeonato brasileiro até se espatifar no chão, uma gritaria rápida enquanto pessoas corriam e morriam vendo aquelas pessoas de máscara

    eles usavam máscaras

    eles eram crianças, para alguns, meninos pequenos armados matando tudo que se aproximava

    para outros, jovens, crianças, adultos misturados em uma procissão de morte e sangue respirando o tempo do demônio

    e para onde eles iam se não em direção à morte e eles queriam destruir tudo, alguns pareciam armados de facão, especializados em retalhar corpos baleados, terminar o serviço, destruir destruir e destruir e testemunhas disseram, assistia Jonatas na televisão, que esses de facões eram os mais bárbaros, que alguns deles (segundo um relato da internet que Dora lia em voz alta, com nojo) abusaram dos cadáveres, baixaram suas calças e fizeram ali mesmo aos urros, uma testemunha chegou a dizer que viu um deles pegar um corpo dividido ao meio, terminar a separação e então agarrar apenas as pernas, gozando no meio daquelas partes sem dono.

    Mas isso tudo podem ser mentiras.

    A polícia desapareceu.

    Para outros, o posto policial perto da praça também foi dizimado, e não havia distinção, os policiais eram tratados com tanto ou mais ódio, mas para outros não, os policiais desapareceram, era como se não existisse polícia militar naquele ponto da cidade e eles foram subindo, atacando mais dois ou três bares, eles acabaram com tudo ali pelo caminho.

Não há muitas imagens de câmera e isso até impressiona, ou melhor, há imagens onde não se vê nada ou muito pouca coisa, ou onde se vê sempre o mesmo, meninos dançando/marchando e barulho de tiros e gritos e é sempre a mesma coisa, muda um pouco o ângulo, alguém em cima do prédio, alguém na rua com a câmera tremendo tentando escapar, mas é sempre a mesma coisa, um recorte, como uma cena preparada especialmente para aqueles celulares, todas iguais e ninguém mais tem muitas cenas diferentes, até perdem o interesse com o tempo, de procurar novas cenas, como se aqueles quatro ou cinco vídeos fossem tudo que havia sido produzido sobre aquela noite.

Corpos e mais corpos. Cadeiras de plástico amarelas voando, pessoas correndo para dentro dos bares, quebrando vidros, trombando em grades de cerveja, engatinhando, rastejando como soldados feridos. Tão rápido, sem barulho de sirenes, ausência de policiais, ambulâncias, a música desacelera e se deforma, cedendo ao peso dos tiros, tão alta segundos antes da investida, agora parte do silêncio enquanto a morte perfura crânios, atravessa ossos, impede o funcionamento sadio de órgãos, espatifa músculos. Era uma cena de guerra no meio da cidade, um portal para o inferno, um banquete demoníaco, um massacre de inocentes, uma guerra com apenas um exército preparado para a batalha, um sacrifício aos deuses da morte e da carnificina, uma oferenda sem explicação. Alguém talvez tenha achado que era preciso um banho de sangue daquele nível para deter a derrocada do mundo. Choros e gritos tornavam-se mais e mais estridentes e enlouquecidos, enquanto a horda seguia serpenteando pelas ruas, em busca de algo que só se destravaria com mais e mais corações interrompidos.

Em tempo, após Jonatas sair para passar um café, Diogo levantou do sofá e sorrateiramente catou os papéis sobre a mesa, os manuscritos de Afonso, ainda não um corpo abatido na noite passada, ainda não o amigo fuzilado, mas tão só o aspirante a poeta, o crítico prodigioso, autor de um livrinho nunca publicado em seu nome; seus papéis em cima da mesa são recolhidos por Diogo, que os levará para o quarto e os lerá por algumas horas deitado na cama, ainda descompromissado, não um furto, nem a percepção de que Jonatas não dera por falta do rascunho do livro, algo que só aconteceria dali a três dias; com a notícia da morte de Afonso é que Jonatas o lembrará, mas muito tarde, quando Diogo já terá esquecido que guardou o futuro livro em uma gaveta escondida demais até para ele mesmo, cheia de acúmulos e inutilidades, uma dimensão paralela onde o manuscrito viveria em coma até perder não só o nome no seu título e qualquer referência autoral, mas uma parte viva que existira um dia ali plasmada, tornando-se um conjunto de palavras à procura de um dono.

Dora seguia olhando para a televisão e o celular ao mesmo tempo, conversando com Ângela e ouvindo a explosão de versões desencontradas, a história de que os verdadeiros alvos foram as travestis do centro, que havia mendigos e meninos negros mortos no Glicério e nos Campos Elísios, que o Alto da Mooca, Moema e o Itaim estavam pacatos, mas havia mortos também no Morumbi, na Barra Funda e embaixo da Ponte da Santa Ifigênia sobravam cadáveres, que a Luz era um rastro de corpos, que a Cracolândia pegava fogo, mas a Globo focava muito nas poucas imagens que existiam em Santa Cecília, e os policiais tratavam do assunto como uma batalha campal, como um enfrentamento com sujeitos mascarados, alguns diziam que eram adolescentes, outros crianças, outros não se importavam. Dora queria conversar com Jonatas e Diogo, talvez ser confortada, talvez saber como seus antigos amigos estavam, mas sozinha na sala ela percebeu que aquele triângulo não existia mais, que não havia mais caminho a não ser a separação definitiva, eles habitavam o mesmo espaço, mas não eram um grupo, a noite anterior havia sido uma última encenação. Já não era mais possível expor nenhuma vulnerabilidade, ninguém estava mais disposto a ouvir. Dora chorou sozinha.

Como iriam se lembrar desse dia daqui a cem anos, quando esses tiroteios e chacinas nas ruas se tornarem comuns, sobretudo nas periferias (e quando não foram?, retrucaria Dora) e caçadas humanas virarem um esporte não oficial, um hábito? Quem sabe um historiador de província, um professor levemente acomodado, escreverá uma tese sobre o massacre de Santa Cecília, cheio de empecilhos e colisões, forrado de problemas e processos contraditórios. Quem sabe novas fontes materiais apareçam, uma máscara, uma fotografia, uma arma. Mas o mais provável é que não exista ninguém que queira lembrar, num mundo onde todo dia há um novo massacre, cuja urgência obriga a agir e a correr: divulgar o nome das vítimas, perseguir os algozes, todo um mesmo trabalho de denúncia que se repete.

NOVA LUZ, 2030

A Luz agora é uma Broadway terceiro-mundista, cheia de neons e outdoors convocando a espetáculos fechados; o prédio da estação brilha como um satélite incendiado. As pessoas andam em desocupação e os turistas procuram os restaurantes que servem pratos da culinária do Norte. Diogo terminou há algumas horas sua reunião com a equipe de Dublin que lhe paga um confortável salário, ou melhor, um polpudo salário, que garante seu apartamento na Nova Luz, o bairro reformado, vitrine da América Latina e dos Brics, estandarte de um novo mundo. Seus sanduíches ainda não chegaram e ele termina de passar para o computador, no arquivo que carregará o seu nome, o último poema que faltava, antes da reunião começar, o pequeno hobby, o intervalo no grupo de marketing. Ele chega à última página daqueles papéis soltos, há tanto tempo guardados com ele, carregados para toda parte, que tantas vezes por tanto tempo ele negou a Jonatas que estivessem ali, sempre sugerindo que o mais provável é que eles tenham ficado jogados naquele bar, no meio da confusão. Lê novamente o poema que ele tantas vezes visitou, incapaz de julgar se gosta de fato ou não dele:

as palavras que vêm até mim são sujas e fracas
repugnantes, elas me perseguem
meu mundo fechado à paixão e ao pólen
tudo que me resta é um vocabulário pálido
há frio e há uma luz fraca
há a carícia áspera de uma mãe doente
o fogo cozinhando baixo uma panela vazia
uma paisagem monótona
uma plantação de cana-de-açúcar
o horror indiferente da fotografia
de um campo de concentração

uma mulher bela na velhice
um casal apaixonado que nunca faz amor
estilhaços deixados pela nação derrotada
dejetos do império jogados à minha porta
as únicas palavras que me cercam são fracas
todos os meus versos formados por este vocabulário pálido
todos os meus versos formados por este vocabulário de ódio

Sem pensar outra vez nos mesmos dilemas, upa o arquivo no formulário de inscrições do concurso literário que ele ainda não sabe que irá vencer, notícia que ele não dará a Jonatas, agora um cineasta morando em Berlim, nem a uma isolada Dora, cuidando de sua saúde mental na praia da Garça Torta depois de reatar com a ex-namorada. Ele só envia o livro que o dará, de quebra, uma prestigiosa carreira literária. Olha o aplicativo e vê que os hambúrgueres estão chegando. Vai até o quarto perguntar se Ester quer ir até a portaria enquanto ele olha o bebê, mas ele sabe que ela não vai aceitar.

MASTODONTES

> *Aquelas formas simétricas, aqueles gigantescos mastodontes do mundo*
> *da realidade traziam de volta a ordem das coisas*
> Witold Gombrowicz, *Cosmos*

> *Devemos falar como se estivéssemos citando a verdade*
> Juliette Janson (Marina Vlady), *Deux ou trois choses que je sais d'elle*
> (dir. Godard)

I

Calço meus sapatos velhos. Prendo com força os cadarços e sinto os dedos se comprimindo. Caminho torto, meus pés estão ficando deformados. Deveria comprar novos pares, deveria buscar curar essas feridas que me fazem mancar e sentir dor desnecessariamente, mas não o faço.

Fora isso não há e não haverá nada de extraordinário em minha vida. Não me incomodo. No fundo, tudo o que eu desejei era uma rotina vazia como a que tenho, um eterno momento sem antes nem depois, um mundo de poucas palavras.

Sinto culpa, mas não fiz nada, não cometi crimes, já eliminei meus piores inimigos, não fui mais um Luís da Silva miserável a vegetar na repartição pública. No entanto, sinto medo, sinto dor. Fui amarrado a uma coleira, me torturam e sussurraram em meu ouvido ordens, comandos.

Lá fora gorjeiam os pássaros e aqui dentro as cáries remoem os meus dentes. Sangrando a minha gengiva. Bactérias são cupins. Meus ossos se atrofiam e essas veias e artérias parecem grades. Todos os meus inimigos sentam-se na minha sala e me veem, me encaram, sorriem. Eu preciso me levantar.

Vou ao banheiro e a fresta da janela atinge em cheio minha barriga. A flacidez. Os fios desencapados do chuveiro parecem exaustos. Está tudo revirado na minha sala. Passo um café de qualquer jeito e arrebento o estômago vazio com a quentura da desgraça. Saio. Os meninos na rua já catam papelão e gritam merda uns pros outros.

Eu tenho que descer até o cacete da escola.

O sol já destrói a cidade. Sete horas da manhã e esse gosto amarelado. Parece um bicho morto, todo embalado num papel pardo. Uma foto esboroada pelo tempo, gasta, encardida, uma amolação. Eu falo em voz alta o nome dessa cidade e me vem o cheiro de carniça, o barulho dos preás correndo pelo centro, guinchando em desafio aos carros, as buzinas, o movimento dos flanelas, o sorriso arrebentado das meninas magricelas.

Que cor tem o chão? Tem a cor desse ladrilho pisoteado, dessa calçada suja, dessas bitucas de cigarro, desses pedaços de papel amassado, desse cheiro de bosta, dessa água suja topada e esborrando pelo asfalto. O ar tem gosto de merda. Quanto mais se caminha, mais se percebe que estamos emparedados.

Do lado de fora da escola a viatura policial já encarava os alunos.

Bom dia, professor.

Bom dia.

O policial entra sem pedir licença, dá um bom dia amargo para os professores cansados e pede um copo d'água. A de português carrega seus cambitos magros até a porta da geladeira ao lado do imprestável e lhe entrega o copo; sem um obrigado, ele bebe, esfrega os bigodes e sai sem agradecimento. O copo fica lá, depositado em cima do balde d'água, babado e torto.

Toca o sinal. Subo para a sala e vou carregando um resto de vontade.

Bom dia, professor.

Bom dia.

Tenho que falar de Napoleão, de assuntos pela metade, da pólvora, da higiene pessoal, de especiarias, de Jacques Le Goff.

Nas escadas do colégio, já antes da primeira aula terminar, moleques com violões e papéis com cifras tirando louvores da igreja, desafinados.

Tenho um violão na minha casa. A madeira está velha e o braço provavelmente empenado; as cordas estão estouradas e às vezes vejo os pedaços de poeira percorrendo sua superfície; imagino que com as cordas mais grossas daria para se enforcar um homem. Mas onde, o que fazer com o corpo?, penso às vezes. Nada, talvez não haja nada a se fazer e o prazer de matar alguém esteja justamente no momento em que os outros encontram o cadáver: o gozo de olhar nos olhos de todos os outros e pensar sobre o que se passa nas suas cabeças, procurar no olhar assustado as marcas de temor e as pálpebras que dizem

Assassino.

Professor?

Bom dia, turma, hoje eu vou falar sobre Octávio Brandão e seu livro *Canais e Lagoas*.

Falo para eles dos dinossauros que caminharam por estas terras, invento que aqui existiram mastodontes (não tenho certeza de nada), invento que por baixo da terra existem incontáveis fósseis, restos de animais pré-históricos que são a nossa maior riqueza.

II

Sinto como se fosse um xamã no meio da sala. Voam as bolinhas de papel. Falo pra não dizer nada. Digo aquilo que já não penetra mais em nenhum ouvido. Bato a caneta piloto no quadro como um cajado. Questiono o vento e me escoro nas paredes. Minha garganta vai se cansando, falhando e vou inventando histórias sem parar. Rezo para que o relógio faça alguma coisa por mim. Queria que esses garotos se levantassem e fossem embora, mas eles estão presos, obrigados a me ouvir, obrigados a me encarar, a me observar de cima a baixo.

Minhas pernas parecem criar raízes. O chão é pesado e minha língua se enche de tinta. Quase toco nos calos das minhas cordas vocais. Meus cabelos vão ficando grisalhos muito rápido, minha barriga incha e minha pele envelhece. Formam-se sulcos onde não havia nada.

Você não parece ter essa idade.

Eu também acho, no fundo, quando por um susto ou esquecimento me encaro no espelho.

Mas agora eu finjo que sou um xamã. Todos os espectros já desceram e sugaram minhas forças. Açoitaram minhas costas, agora marcadas pelos ferros e lâminas dos espíritos descidos do céu. Semicurvado, falo para os alunos a respeito da terra sem mal. Os índios vagavam por aqui, pela costa, em busca de uma terra onde não houvesse a morte, a guerra, a matéria em decomposição, o sofrimento, a dor, a angústia. Caminhavam em busca de um lar, de uma terra de tranquilidade, de um mundo fora da matéria. Agora somos nós que vagamos pelos escombros de nossa antiga cultura.

Professor, o que são essas marcas?

Todos os alunos também se parecem com fantasmas. Não importa o quanto você tenha lido. As crianças são demônios que sugam todas as suas palavras. Elas dilaceram o idioma. Não há como se expressar. Você precisa descer ao reino delas e falar com seus gestos e balbucios, tatear as suas sombras.

Os alunos nunca se esquecem das atrocidades de guerra, das epidemias e catástrofes. Todas as questões sobre a peste negra nas provas de Idade Média obtêm acertos em massa. Ninguém zera a prova, porque há essa questão. Na verdade, não sei se eles é que fixam bem as partes onde há sangue, morte e vísceras ou se eu é que sou mais enfático quando há epidemias, terremotos, hecatombes.

Mas todos se lembram da antropofagia, do ato de devorar o inimigo. De tornar-se o outro, absorver sua força, seus músculos, sua perícia. Batalhas, muitas, ao longo da costa. Vingança. Vingar-se, eternamente viver em vingança, caçar os inimigos em magotes de índios embrenhando-se na mata atrás das tribos rivais. Preservar os mais fortes, engordá-los, levá-los, devorá-los em uma grande e exaustiva festa. Os meninos olham pra mim e entendem, sim, vingança, claro. Eles não me enganam. São todos índios. Quando falo de seus ancestrais, algo no sangue deles ferve, os dedos se contraem nas carteiras e os olhares se cerram como se enxergassem uma presa no lugar do quadro negro.

Vocês sabem quantas bombas foram disparadas por aviões na Segunda Guerra Mundial?

Um aluno responde a cifra exata.

Vocês sabem quantas cidades foram bombardeadas e destruídas?

Um aluno responde a cifra exata.

Eles sabem o número de série dos caças e a espessura dos tanques. Eles sabem o quanto de destruição causa uma bala e a força do impacto de uma mina terrestre. Eles me descrevem a vida no campo de concentração e a alegria de se viver em um trincheira em meio aos ratos, lamas e vermes. Eles sabem perfeitamente como foi.

Foi preciso reconstruir a Europa.

Eles sabem. Desmontar e remontar as cidades como estruturas de encaixe. Despejar dinheiro e recolher os cadáveres. Esquecer e inventar. Construir a civilização por cima dos escombros das anteriores. Pisotear diuturnamente as cicatrizes da cidade e das nações. Dançar em torno desses campos de ficção.

Eu saio da escola e paro em um bar para tomar uma cerveja. Encontro um velho amigo de infância que agora trabalha como arquiteto e fotógrafo. Ele conta que agora está fazendo ensaios fotográficos e é feliz. Eu estou sempre adiando minha possível felicidade para um futuro que nunca vai chegar.

E foi então que aconteceu.

Ela estava em uma mesa ao lado da minha, olhando-me. Não sei quantas doses de cachaça depois e já estava ao meu lado, oferecendo tudo que tinha, pegando a minha mão, levando-me pela noite. Eu estava embriagado? Sim, mas eu queria seguir em frente, o toque dela tinha algo que elevava meu sangue. A partir do momento em que nossas mãos se tocaram, senti que algo aconteceu em minha vida e eu seria dela para sempre. Fomos até a praia, e a noite agora era a areia, as estrelas e o barulho de ondas, sem que eu conseguisse nunca soltar a mão dela, e aí eu me lembro que ela, aquela criatura, povoa meus sonhos há muito tempo. E lá estava de novo, guiando-me em seu labirinto.

III

Descalcei meus pés e fui andando até onde acabava o asfalto, os carros, o barulho, o reflexo dos prédios e o som. Fui chegando cada vez mais perto do sol e pisei na areia, que se contraiu como um útero. As ondas fugiam de mim, se afastavam tanto que a praia parecia agora um deserto. Cães lazarentos corriam em sentido contrário ao qual eu caminhava e cabeças de crianças emergiam aqui e ali da areia, com olhos pequeninos, brancos e luminosos. Agora tudo é um imenso litoral. Os coqueiros parecem mais largos e mais altos que antes, as folhas parecem mais verdes e os cocos muito próximos do mar. Meus pés afundam. Cada passo que dou parece ser o último.

Ela está com a cabeça escorada na pedra e o meu violão nas mãos, como em todas as vezes, em todos os sonhos que se repetem. Sorri para mim enquanto dedilha as cordas. Sei que mais uma vez vai insistir para que eu faça aquilo que ela quer. Chuto um punhado de areia em seu rosto e ela então para de tocar. Guardei seu sorriso. Agora olha para baixo, mas sei que não vai me atacar. Sei que vai apenas respirar e continuar tocando a música, fingindo que não fiz nada, fingindo que não está incomodada, que não queria me enforcar com aquela corda e deixar meu corpo estirado e sem vida na areia para ser devorado pelos cães e pelos urubus, pelos caranguejos que mamam leite de lama, como se com esse gesto se comprometessem a conservar nosso sangue.

Quantas horas desta vez? Estou cansado de andar e me sento com as pernas dobradas em sua frente, pronto para o impasse. Prometo a mim mesmo que desta vez não direi nenhuma palavra. O mar agora está cada vez mais afastado. Cações, polvos, lulas e peixes-boi agonizam na imensa cratera deixada pelo oceano. Sulcos na areia preenchem-se de peixes e lagostas. Os robalos e betaras dão saltos desesperados procurando a vida, o ar, a água. Tenho vontade de saltar como eles, em busca da vida, em busca do ar, em busca do alívio, mas estou terrivelmente fatigado.

Ela já está rindo de novo e volta a dedilhar as cordas. Suas unhas estão pretas e afiadas, seus dedos estão cobertos de areia, um fedor de cachaça exala de sua garganta e ela começa a murmurar uma canção que eu nunca ouvi na minha vida.

O barulho de jovens dançando em torno de uma fogueira perto dali chama a minha atenção e vou em direção ao grupo. Eles dançam abraçados, todos vestidos e pintados como índios, mas não o são. A chama da fogueira ao centro parece crescer cada vez mais à medida que dão voltas e voltas. São meninos e meninas brancas, pintados e cobertos de penas. Depois de quatro ou cinco voltas uma menina se desgarra do grupo e pula em direção ao fogo. O cabelo dela é tão loiro que aproxima-se do branco, sua pele é lisa e sem marcas, seus seios são pontiagudos e pequenos. Ela cai no fogo e grita como se não fosse humana, como se fosse uma outra criatura; sua pele derrete, e ouço seus ossos e músculos derreterem no fogo, que parece crescer em direção ao sol. Seus colegas dançam mais forte, riem mais alto, cantam com mais empolgação. Nuvens se aproximam no céu, ainda ouço o violão ser dedilhado; o mar parece escuro como lama e todos eles saltitam. A pele deles é escamada, esverdeada como a de anfíbios. Eles pulam como sapos, molham os pés na areia molhada, procuram o mar, encontram apenas a cratera, mas seguem saltando. As lagostas e peixes também parecem sapos agora, pulando sem parar, sem sair do canto onde estão. A areia derrete e o mar é agora um imenso lago negro onde boiam criaturas anfíbias mortas, gigantescas e putrefatas, canoas quebradas, rostos agonizantes de índios com os corpos perfurados de bala, pedaços de um trapiche em ruínas.

***

A praia estava restituída à sua forma. A areia era fofa e quente, o mar soprava em minha direção sua brisa calma. No tronco onde estava a figura já não havia ninguém; ao invés da fogueira, garrafas e sacos plásticos de lixo. Homens pequeninos caminhavam e recolhiam os lixos da praia, as latinhas, os colares e guias de Yemanjá jogados, as latas de refrigerante e cerveja, os gravetos e pedaços de carne cheios de gordura cuspidos na areia. Coletavam todos aqueles dejetos e pertences e jogavam em sacos e recipientes. Corriam encurvados, desejando passar despercebidos.

Ergui minha cabeça e vi novamente índios, também correndo apressados, mas já do outro lado, próximos aos coqueiros. Trepavam nas árvores e recolhiam seus frutos, corriam e rasgavam com suas sombras morenas por entre os verdes das matas. Coletavam o que a natureza lhes ofertava, sem olhar em minha direção uma única vez.

O mar volta a trazer ruínas. Não sei quanto tempo dormi, mas ele me devolve restos de vilas operárias, a carcaça de velhas usinas, os estilhaços da fachada de uma companhia de fiação do século XIX, pedaços de madeira do que parece ter sido um píer, fichas de filiação de operários comunistas mortos há muito tempo, um farol quebrado e ferramentas que outrora devem ter sido de uma fábrica. A beira da praia se enche de ruínas e os coletores de lixo juntamente com os índios agora trabalham em irmandade tentando limpar a praia em vão, pois os restos não param de chegar, soterrando a areia.

E eu me vi de novo caminhando em direção a uma escola, uma sala de aula. Eu me vi de novo diante de um quadro negro. Vi que eu estava em muitos lugares ao mesmo tempo, como se pudesse por um segundo acompanhar o ritmo de Deus.

É um lugar de merda, crianças.

Esta cidade, veem? Esta cidade é uma cidade de merda, em um estado maldito. Durante décadas intelectuais de elite tentaram dizer que aqui havia uma cultura, espremeram o máximo que puderam uma música, uma arquitetura, uma poesia, uma pintura, uma dança e uma escrita. Mas não há nada aqui, exceto os escombros dos casarões e as sombras do poder. É só isto o que permanece, crianças. Índios aculturados e escravos mortos sob tortura; um busto de Domingos Jorge Velho; mendigos e sem-tetos dormindo aos pés de uma estátua de zumbi; marechais de ferro, homens fardados. Livros de poesia decorando as estantes, ninguém os lerá.

Música, seus idiotas. Calem a boca e dancem a música. Comam as migalhas malditas.

***

Agora vejamos novamente a cidade, a cidade reconstruída na velha cidade, que por sua vez se montou em outra cidade ainda mais antiga. Agora vejam as ruas, os bêbados e os mendigos dançando na praça, vejam a garoa fina que começa a cair prenunciando o derrame. A chuva será pesada, protejam-se. Dancem também no lixo do mercado, em meio aos produtos decompostos. Vamos chutar as raposas e fazer uma trilha de bichos mortos, vamos queimá-las com água quente, vamos catar nossos porretes e fazer uma coleção de suas carcaças, vamos envenená-las e deixar um rastro que levará do trapiche à praia.

Estas raposas que são na verdade abortos. Rastros de abortos descolando do pescoço da Medusa que produz a petrificação da cidade. A Medusa que anda pelas ruas dos bairros secando as fontes e esterilizando nossos filhos. Olhem nos olhos dela e vejam que não há futuro, exceto um índice de possibilidades históricas que não se concretizaram.

Queria contar-lhes uma história, mas nessa cidade, nesse estado, histórias não são necessárias. Tudo que sentimos e pensamos cabe em poucas palavras. Todas as histórias possíveis em poucos substantivos. Abrimos mão de grande parte do alfabeto. Precisamos de pouco. Nossos sentidos são efêmeros, nossos prazeres são escassos: tédio, medo, silêncio, emigração, morte, violência, loucura, imobilização, ódio, evasão. E é tudo. Todo um universo contido nesses pares de palavras. Todo um poema épico esculpido na ausência não notada de alguns versos. Não precisamos de mais do que isso: tédio, medo, silêncio, emigração, morte, violência, loucura, imobilização, ódio e evasão.

Há uma única exceção, uma ausência realmente notada, uma palavra que falta, que não cessa de não existir. Uma palavra para a esperança que vem com as águas, a esperança que vem com a chuva. A palavra para definir o cheiro da água quando toca o chão, para definir o tato dos corpos molhados cruzando as ruas e o asfalto, o barulho das gotas caindo nas folhas das árvores e nos vidros das janelas, uma palavra que não tenho. Precisaríamos dar um nome a isto que está dentro das nuvens, dentro dos pingos, dentro da noite. Uma única palavra, um único nome, uma definição pra isto que vem com a chuva, pra isto que é a chuva, pra isto que nos tornamos quando ela cai. Precisamos de um nome, um nome para a chuva; saber qual é o nome dela, da chuva que cai quando o jovem anarquista embarca no navio que o levará para longe. O nome da chuva, qual é, me digam, o nome da chuva? É um nome perdido para esta cidade, é um nome para o barulho que os mortos fazem quando a chuva cai, um barulho para o murmúrio dos espíritos.

Nós precisamos saber.

A outra palavra é cárcere. Porque todas aquelas palavras estão cercadas por pedras. Todas estas pegadas dentro deste cemitério indígena. Todas estas grades cercando nossas casas. Aqui é tudo cadeia, uma reunião de inocentes acusados de serem estupradores, bandidos, assassinos, ladrões, agiotas, sequestradores, traficantes, usuários. Todos inocentes, terrivelmente inocentes. Todos assassinos.

Porque ainda há um rastro de abortos, de raposas mortas. Aqui, onde tudo se reduz, se arrasta e fenece prematuramente.

Agora vamos caminhar por esta linha reta. Em busca da luz. Foi aqui que se colocaram as lâmpadas a gás e depois os postes. Lamparinas a conduzir o medo para dentro da noite. A luz maldita que derrete as calçadas. E nosso andar pelas retas, polígonos, quadrados, ortogonais, contornos, quarteirões e avenidas. Onde vai acabar a noite, vocês sabem? Ninguém nunca sabe, porque parece que a noite não tem fim exceto no outro brilho, o das lâminas das facas, dos canos dos revólveres, dos dentes dos predadores.

Mas se seguirmos esta reta vamos ultrapassar os clubes, os bangalôs, as associações desportivas, as vilas operárias, as reuniões clandestinas dos aparelhos de guerrilha e das células trotskistas e comunistas, as escolas e postos de saúde, as cercas elétricas e chegaremos na mata. Ali, nenhuma luz entrará. Até os engenhos, os imponentes engenhos em ruínas, as casas-grandes abandonadas. Os esqueletos das senhoras e das sinhazinhas deixados para as machadadas do tempo. As pegadas do senhor fugindo com sua negra. O medo impregnado nas paredes. Setas apontando em direção à noite e à chuva que cairá de novo no escuro da mata, a chuva cujo nome não conhecemos, por ser algo mais do que chuva.

A luz da cana queimando nas matas. Esse fogo que nunca irá se apagar, levantando o cheiro e deixando prontas as carcaças das plantas. Para o corte da faca, para o barulho do baque no escuro. É desse fogo que vem toda a claridade das nossas vidas. Chamas para consumir toda a fúria e regurgitar o conformismo.

Ela aparece de novo, como uma silhueta, já sem violão na mão, apenas a corda pressionada contra o pescoço, como se eu já tivesse consumado o ato que me pede, mas eu sei que não o fiz.

Não matei.

Cruza pela esquina coberta de penumbra, seus passos arrastam-se no chão de paralelepípedos e levantam um monte de poeira e grama. Recosta-se ao muro como que me esperando e a corda está brilhando como uma estrela perdida.

Quero conversar com você. Esqueça seus alunos.

Mas não, eu não quero esquecer meus alunos, embora os odeie. Agarro-me a eles e sinto seu cheiro de fracasso, carregando-os como quem quer cruzar com uma jangada por um oceano. Somo-me a suas idas ao mar e atiro redes de pesca, agarramos os nossos peixes infectados e radioativos com os quais faremos o banquete.

O cheiro do sargaço, o cheiro do sargaço.

Ninguém mais na esquina da rua. Só me resta agora escorregar nesses silêncios, boiar nesses vazios como numa água pesada, mergulhar, subir, descer ao fundo, voltar à superfície, tentar segurar-me num galho.

Escolhi a danação. Coloquei a corda ao meu pescoço e agora espero o diabo montar em minhas costas.

IV

Entro na escola e sobe o cheiro de carniça. Os enfeites de Natal estão velhos e desprendendo do teto. As portas estão decoradas com rostos gigantes de Papais Noéis, suas barbas de algodão amarelado. Desço as escadas e vejo na sala da merenda as tigelas com o leite talhado e o munguzá na grande panela de ferro rodeado por moscas e vermes.

As carteiras estão empilhadas no pátio, os canos do banheiro quebrados inundam o piso inferior inteiro. Os grafites nas paredes externas perderam a cor e o traço. Ao redor do colégio, o mato cresce encobrindo as carcaças de bichos, os tocos de cigarros de maconha, as camisinhas cheias de esperma, as calcinhas rasgadas e manchadas de sangue seco, as sandálias de mulher.

Sento-me no balcão da cantina e olho de canto para a pilha de caixas de chiclete e balas jogadas. Os produtos de limpeza estão escorando uma porta quebrada. Está sentado no chão de uma das salas vazias. Vou até lá.

Tudo bem, então. Sua vez agora.

Não vem até mim. Mal ergue a cabeça quando me vê chegar. Sento-me ao seu lado e sinto o peso de sua respiração. Ri, se levanta e caminha sobre o que só agora eu percebo tratarem-se de páginas de livro espalhadas pelo chão. Pisoteia Marduk, a imagem de Santa Thereza, uma estátua do Oráculo de Delfos, as ruínas de um Zigurate; eu cubro meu rosto com o dorso da mão para não receber a lufada de poeira que vem das paredes e do cascalho.

Parece a Rua da Moeda em Recife. Getúlio Vargas agora discursa durante a Voz do Brasil que sai do alto-falante de um bar, enquanto os jovens procuram traficantes embaixo da estátua de Chico Science. Os blocos de carnaval passam, comemorando o centenário. Vejo um homem parecido com Filinto Müller no meio da multidão. Um outro homem esquelético e pálido está navegando com o seu barco ao longo do rio Capibaribe.

O Jaraguá agora. Parece Veneza, parece Genebra, Milão, Rio de Janeiro e uma ladeira de Olinda. Todos pulam. É o ano 1300, 1454, 1700 na América ocupada pelos holandeses; é o ano 3000 no meio da multidão da vida desconhecida. Ainda ri. Em seus olhos vejo os ponteiros dos relógios parados; as salas onde habitam apenas as lembranças; as famílias que enterram aos poucos os seus velhos, as crianças que vão matando seus pais e esquecendo seu passado. Está rindo porque jorra daqui de dentro de nós um imenso vazio. Piso acidentalmente na cabeça de um chacal, na cabeça de Anúbis, na cabeça de Osíris. Cordas se formam e cercam a turba à nossa frente, somos empurrados para longe, muito longe. A massa de pessoas pulando a música está a quilômetros de nós.

    Crianças brincam ao nosso lado. Elas retiram água da sarjeta e colocam em suas garrafas. Outro menino urina em um pote. Pó, leite, barro. As crianças brincam sujando-se umas às outras. Ela se afasta de mim e fica observando as pessoas dançando ao longe o carnaval, desviando-se agora da procissão religiosa que passa com suas imagens de santos, cruzes alçadas, andores e alegorias: Papangus, máscaras representando a morte, Adão e Eva, Caim e Abel, o rei Davi com a viola saltando diante da Arca da Aliança, Lúcifer se engalfinhando com o Anjo da Guarda, os Santos Inocentes.

    Precisam dançar.

    Eles precisam se entregar a estas danças, a estas músicas. Do contrário ficam amuados, se entristecem. Vê? Parece um jesuíta, em cima de uma pedra, pregando um sermão. Eu quase não ouço devido aos passos, aos gritos e às rezas das multidões rasgando as ruas por toda parte. Trombam em mim e me jogam de cá pra lá.

    Há brancos ricos agora escondidos em suas mansões, celebrando em bailes de máscaras; há pessoas ocultas cantando aos seus deuses ancestrais; aqui há esta massa, tentando respirar nas ruas, mas as ruas não são deles, não são deles. Dentro em breve decretos tornarão a felicidade algo oficial.

***

Digo aos meus alunos: o carnaval fundou o urbano, nossa cidade. O carnaval é uma festa que marca o sonho da igualdade, marca a denúncia da situação injusta do presente. O carnaval aceita, o carnaval vai durar para sempre. O espaço quase sagrado do lazer, do descanso, da folga. Eles bocejam. As ruas de Maceió se formam ao redor do Cais do Porto.

Fechem os olhos e imaginem Lígia Menezes, a poeta. Ela compõe seu frevo em meio ao ar rarefeito, à falta de oxigênio, no fundo do oceano, dentro da sala de uma casa pegando fogo. Ela sai dançando pelo centro da cidade; um pequeno bloco composto por ela, uma prima e uma amiga. Aos gritos, diz que a lagoa está pegando fogo. Seu frevo queimava a lagoa, a cultura, o sururu; aniquilava tudo, seu ódio e sua dor se transformavam no ritmo do frevo e de sua coreografia, escrevendo sobre as calçadas da Rua do Comércio um protesto mal ouvido.

Fechem os olhos e imaginem uma sururuzeira morando em um barraco à beira da lagoa. Sua casinha é de palha.

Fechem os olhos e imaginem um menino morrendo de fome em um barraco sujo no fundo de um bairro pobre.

Fechem os olhos e imaginem um garoto melado de graxa vagando pelas ruas de Maceió com poucos trocados no bolso e um livro de ouro nas mãos à procura de senhores.

Fechem os olhos e imaginem uma mãe de santo chutada até a morte por policiais dentro de seu terreiro.

Imaginem um bando que prende, aprisiona, espanca, mata sacerdotes numa ferocidade jamais vista, comandada por um mulato perneta, fazendo carnaval em dias de terror, conduzindo roupas, instrumentos e símbolos pelas ruas, achincalhando os cultos, numa algazarra brutal.

Fechem os olhos e imaginem dedos enlameados.

Agora vamos andar por este corredor escuro, já que a multidão desapareceu. Vamos caminhar em direção a esta vela acesa no meio do silêncio. Esta fagulha que pisca e faz da luz um ponto de solidão. Vamos andar até onde devemos falar baixo, sussurrar até que por fim só nos reste a respiração e mais nada. Andem comigo, todos vocês, em direção ao útero da terra.

Esqueçam as tradições e as raízes, esqueçam Roma, esqueçam Baco, esqueçam o tempo. A longa duração da História não nos servirá de nada. Esqueçam o fluxo, a mudança, o novo. Esqueçam o aqui e o agora. É tudo diferente, é tudo igual. Tudo que vocês conseguirem esquecer tornar-se-á vivo. Agora é a hora de glorificar o silêncio.

***

Sigo adiante em busca do meu lar para além desta balbúrdia. Caminho a minha hora de penitência rente ao sol, aos insetos e à peste do bairro. Anseio pelo momento de subir as escadas, desembolsar a chave, girar a maçaneta. Esquento uma mistura de ontem e mordisco um pão de três dias. Deito no chão da sala procurando a redução da temperatura. Imagino que a qualquer momento a estante de livros do meu quarto vai desabar. Morrerei soterrado pelas madeiras desconjuntadas de meu armário, tantas vezes desmantelado e montado de novo em mudanças de apartamento. Tranco todas as janelas e fecho as cortinas. Deixo o calor engolir minhas entranhas.

Falo no demônio e lembro-me dela. Cruzando os quartos e caminhando em direção à sala. Sentando-se no tapete e escorando-se nas almofadas. Olhando no meu olho e estendendo a mão. Venha comigo, ela diz.

Balanço a cabeça e ela ainda está lá. Seus olhos são pequenos e brilhantes como os de um cão indefeso. Mas sua boca se abre e eu vejo os dentes pontiagudos e sua determinação em morder.

Sente-se ao meu lado. Você está vendo um cenário muito mais confortável. Não teve que andar por onde eu andei, onde os ratos dançavam e as moscas se avolumavam e copulavam até a exaustão, onde os vermes brotavam com densidade. Você nunca conheceu a verdadeira fauna das ruínas, nunca esteve em uma guerra e nunca esteve perto da morte. A única morte que conheceu foi a morte de plástico, a morte fecundada em uma incubadora, a morte regada em estufa. Comparado ao verdadeiro horror, esta cidade e este colégio são um parque de diversões, mas é claro que você pode mentir, é claro que do conforto da sua casa tudo isso pode adquirir os contornos da mais terrível devastação, mas você e eu sabemos que se trata de uma mentira, de uma história tola contada para os amigos no balcão de um bar, cavalgando garrafas de vinho e cheirando fumaça como se ingerisse o veneno mais cruel. Você nunca viveu em uma época na qual as mães tinham de carregar seus próprios fetos carbonizados dentro de suas malas e bagagens.

Consegue ver ali na frente? A multidão de bruxas subindo a montanha? Quer ter com elas? Lá em cima deve estar satã em pessoa esperando o beijo das suas mulheres. Vê os pedaços de cordão umbilical sendo abandonados nas encostas? O quanto você se interessa por ir até aquela festa?

Venha comigo.

***

Os alunos conversam despreocupados após a explicação. Sento-me na carteira improvisada, sem birô ou nada que faça a função de mesa para apoiar meus pertences. Jogo minha bolsa no chão e torço para que as papeladas de trabalhos e testes não se amassem. Os meninos rasuram seus cadernos e tentam decifrar os garranchos que exibi no quadro. Ao fundo da sala uma mulher mastiga um pedaço de fogo. Olha para mim e ri. Enquanto mastiga, as chamas parecem escapar dos seus dentes. Nos seus olhos eu retorno a esta sala de aula, mas ela está vazia agora, sem alunos, nem quadro, lousa ou nada. Aos meus pés há um tapete vermelho com detalhes dourados, leões desenhados e nenhuma mancha; candelabros de prata dispostos ao redor da sala, um lustre imenso e cintilante pendendo do teto, acima da escadaria uma criada passando para entrar nos quartos, talvez?, sem me notar, apenas averiguando o que se passa, agora que não há mais fogo sendo mastigado, não há mais a estranha mulher, não há mais aquilo que me demanda respostas e perguntas, não há mais nada. Uma criança abre a porta atrás de mim e corre despreocupada com seu peão preso aos dedos e as calças sujas de lama, atrás dele uma menina loura seguida de um negrinho, um pouco mais velho, que serve de criado e vigia os dois, sobem as escadas gritando mãe e pai, mãe e pai.

Não, ainda não.

Estou agora na Rua do Sopapo, no bairro da Levada, quinta-feira, 1º de fevereiro de 1912. Panfletos da Liga dos Republicanos estão espalhados pelo chão da rua, clamando por insurreição e castigo aos praticantes de bruxaria, aos correligionários da família Malta. Morcegos voavam baixo e encaravam-me nos olhos. Fardas rasgadas de soldados estavam espalhadas ao redor da casa de número 311, e lá dentro dava-se uma algazarra, vozes masculinas gritando uma mixórdia de bobagens, da qual se destacava uma palavra, uma que reunia a súmula de toda a idiotice.

Quebra.

E então eu vi uma multidão de homens falidos e miseráveis, sem senhores nem servos, julgando possuir em suas mãos o destino da nação e do mundo, achando-se capazes de arbitrar sobre a vida e a morte e elegendo como inimigos aqueles que poderiam mais do que tudo ser chamados de irmãos. Invadir e pilhar casas de santo, chutar orixás, urinar sobre altares, virar garrafas de cachaça e melar-se de comida, escarnecer de Oxum, Oxóssi e Iansã, lançando utensílios, vestes litúrgicas e instrumentos utilizados nos cultos em uma imensa fogueira onde o sagrado queimava junto aos gritos zombeteiros.

Acompanhei oculto no silêncio da noite o cotejo que repetiu o ritual de estupidez e deboche de casa em casa, notei como alguns conservaram para si os objetos sagrados, como se para exibir o triunfo futuro, prevendo que os museus do amanhã celebrariam a desgraça negra, transformariam em celebração a violência.

Ninguém dançava. Olhavam para o chão, absortos, congelados no tempo. Esperando um momento, qual?, um instante. Ali, suspenso naquele gesto entre o começo da dança e seu desenvolvimento, aquela suspensão em que se respira, os braços se contraem, as pernas suspendem suas raízes, a mente voa em direção àquele ponto cego. Eu estava com eles quando a legião entrou, um carnaval de quinhentos homens destruindo tudo que respirava sagrado, arrastando para a grande fogueira tantos outros paramentos e insígnias.

Tia Marcelina foi chutada até a morte e faleceu com um golpe de sabre na cabeça; contam que a cada golpe ela rezava baixo sua vingança, clamando a morte também para aqueles que ali a pisoteavam. Mas a morte, ao menos naquela noite, só se espalhou para os terreiros e pais de santo, no Mutange, na Cruz das Almas, no Poço; nos cantos todos da cidade derramava-se a milícia, como um vírus.

Das ruas não se pode ouvir os cultos sem os tambores e zabumbas. Os maracatus foram embora da cidade. 1912 instituiu o silêncio. A nossa vocação. O rezado baixo, reprimido, quase calado, uma novena comedida rezada sob as vistas de imagens nórdicas, sem música, sem dança, sem toadas, com orações sussurradas e palmas discretas, animais sacrificados em silêncio não mais para Exu, mas para um prato simples, ao modo como uma dona de casa dedica à família uma galinha à cabidela no almoço de domingo. O silêncio da vergonha. O cochicho embaraçado.

No dia seguinte, começava-se a montar a coleção Perseverança. As misteriosas peças escolhidas para não cair no fogo. Filhos de santos e frequentadores de terreiros foram até a sede da milícia opinar sobre a melhor forma de organizar as peças. Ajuda mútua. Nós.

***

Pisoteio novamente o tapete da sala de estar. A escória se vai, com os utensílios nas mãos e a fogueira se apagando. Os restos de paus e cinzas mancham o assoalho. A escumalha me atravessa e se vai dentro da noite. As crianças já devem estar trancafiadas dentro de seus sonos, as criadas já devem ter se masturbado e se preparam pra dormir. Não ouvem os barulhos de vaias, pedras e balas levados pelos proletários. Não veem o trágico espetáculo de pobres contra pobres. A destruição dos explorados, consumindo-se em uma violência estéril contra seus próprios irmãos. Fraternidade do ódio.

A bruxa mastiga o último pedaço de fogo e sorri. Toca o sinal e os alunos dispersam-se para o intervalo. Nos corredores gritam e pulam. Bebo um copo d'água e penso em quantas horas faltam para que eu enfim possa deitar na minha cama.

V

Depois de corrigir todas as provas eu preciso pegar as cadernetas e colocar números dentro desses quadrados minúsculos. Registrar as presenças e ausências da sala de aula. Passar um traço nos alunos desistentes. Marcar um asterisco nos que ficaram em recuperação. Controlar todos eles, manter o lixo impecável. Ser o homem do Estado para estas crianças. Um trabalho inútil. Noite adentro sem sentido nenhum. Atravesso a madrugada nesse automatismo, rasurando as páginas, tentando corrigir, consertar. Registrando datas e preenchendo os espaços em branco com o nome de assuntos que eu não dei. Histórias de Gana, da Nigéria, da Dinastia Han. Transmito a esses meninos e meninas uma história oficial, catatônica, paralisada. Um conjunto de nomes de eventos, de passagens, de algumas pessoas, de datas que eu digo não terem importância. Lembrem-se disto, dos reis, dos palácios, da estrutura de um engenho, dos corredores da casa-grande e das vilas operárias. Ninguém será reprovado por faltas e os uniformes escolares são fardas opcionais.

Falo até ser consumido por aquilo que digo. Minhas sentenças espremidas pelas paredes. Eu me perco no que eu mesmo anuncio. Duvido que eu mesmo seja capaz de compreender. Construir um caminho tijolo a tijolo, palavra a palavra. Guiando para um buraco sem fundo.

Caminho pela casa como se andasse em uma mata fechada. Ouço no quarto contíguo ao meu o barulho de passos. Ela está à minha porta. Senta-se na minha cama e me convida para sair. Estende-me a mão, mas eu a nego. Caminhamos juntos pela rua de madrugada. Vemos homens empunhando os seus trabucos contra a cabeça de escravos cativos. A face deles é de choro e de resignação. Cansaço. Ela explica que vão vendê-los para o Buenos Aires e o Caribe. Os homens armados são funcionários de uma Grande Empresa Militar-Colonial.

Você vê os homens presos, amordaçados e agrilhoados, mas você os vê escondidos nas árvores? Sussurrando nas beiras dos rios? Você os vê debaixo das pontes? Não os vê. Você não os percebe como a linha de fuga, os bandos dispersos ocultos. Porque liberdade pra eles é o que você associa com a covardia. Liberdade é fugir, liberdade é se esconder, liberdade é abraçar as sombras, liberdade é se retirar do teatro patético do dia a dia e envelhecer em paz. Esses homens armados que passaram por nós são brancos, mas também há índios, filhos de índios, filhos de escravos. Eles estão aqui para introduzir o humano em nossa carne. Estão aqui para utilizar o corpo desses negros como arma, para atacar os seus rivais brancos, para dizimar as hordas de inimigos, para inseri-los em uma rinha e deixá-los para se machucar até a morte.

Para onde estamos indo?

Estamos indo para o coração da utopia.

***

O chefe ordenou que eu me ajoelhasse aos seus pés e batesse as palmas das mãos em sinal de reconhecimento e prestação da sua excelência. Ele mandou que eu me levantasse e me mostrou o outro lado da página, uma fantasmagoria de cinzas e sombras. Cabeças de velhos com seus órgãos salgados e enfiados na boca. Homens enforcados ao pé das árvores, corpos envenenados e estirados no chão. A grande mentira da exaltação de um mundo que nunca existiu. Em qual dessas imagens o segredo ainda pulsa? Um documento forjado, posto em circulação com o intuito de difamar e tripudiar dos negros rebeldes torna-se motivo de orgulho.

Era o terreno da entropia. Arraiais dispersos pela mata, fugindo dos brancos. Negros, mulatos cafuzos. Mestiços. Esse nome do indefinido e do impróprio. Do que parece incapaz. Vetores cruzando por nós incertos, dissolvendo-se em uma estrutura caótica e invisível, um amontoado de ordens criadas por viúvas de guerra. Ali vimos, de dentro mesmo da mata úmida, o cortejo de uma procissão. Homens e mulheres vestidos de brancos, cabisbaixos, silenciosos. Arrastavam os pés em um compasso lento, como se carregassem nas pernas todos os seus finados.

Eles não sabem que o Deus que veneram está morto. Não é triste?

Quieta, a multidão nos atravessou e seguiu em direção à lagoa. Foram mergulhando ali dentro das águas até não serem mais notados, tão sutis quanto surgiram. Após sua passagem, vimos, porém, o túmulo do Imperador. Pensei em gritar por eles, chamá-los para que retornassem do lago e levassem embora aquele corpo, velassem por ele, já que pareciam, com suas velas e estandartes na mão, seus fiéis servos. Mas não viram seu corpo, e não o perceberam abandonado.

Assassinos, pobres, miseráveis, bandidos, ladrões, guerrilheiros, agrafos, mudos, silenciados, esquecidos, borrados, apagados, distorcidos.

Sentou-se após dizer algumas palavras, recostada a uma árvore, com o violão em punho. Absorto, pensei que ela mergulharia na música que já começara a dedilhar, mas acompanhando o ritmo, e tocando alto, como se para espantar o cheiro do miasma que saía do caixão de D. Pedro I e espalhava-se pelo vento, ela quase bradava para mim.

Estamos no futuro.

É preciso borrar, distorcer, apagar. Os vagabundos, assoladores das matas, homens arruadores e provocadores. A ordem é povo contra povo. Que a mão do índio enforque o pescoço preto, as águas do rio contenham os gritos de danação e os joguem no mar.

***

Caminhávamos atravessados por pretos fugidos correndo para debaixo das pontes, para o centro do abismo, para entocas, cavernas, morros, brejos, grotas e encostas. Seus olhos e dentes brancos abrindo-se para as sombras, as caras bexigosas e as marcas de chicote tingindo de rubro os muros dos bairros. Caminhávamos observando os braços quebrados, as costas arranhadas, os dentes partidos desabando como num pesadelo de morte. Era aqui que o poder fazia sua caligrafia, escrevia seus vestígios na pele.

Não lhes restava nada a não ser a faca no pescoço dos senhores. O mergulho para dentro do anonimato, os nomes constando nas atas, nos documentos, nas solenidades. Nas feiras e encontros, a população sussurrava seus nomes assustada, os que perfilavam o escândalo, os que reagiam, que matavam seus donos, que derramavam o sangue sagrado nem que fosse com talhos de enxada.

Policiais vinham com negros carregados pela gola, pelo pescoço, para surrá-los à vista de todos, castigá-los. O alento de ser capitão do mato. Dane-se que tenham o mesmo sobrenome e que estejam debaixo do mesmo teto.

Até quando vamos seguir caminhando?

Está cansado? Não aguenta mais? Agora a caminhada começa. Persista comigo até um pouco mais além do incômodo e da náusea, vamos subir as encostas, os morros, à beira do rio. Pise as marcas das emboscadas e entocas, os alimentos nas roças; sinta comigo o perfume do rancor.

Você não fala nada que possa fazer sentido.

Você vai andar comigo mais um pouco. Mas tudo bem, já está acabando.

Disparou mais rápido à minha frente, por dentro das árvores. Deslizava pelas árvores como um bicho, saltava adiante como um jaguar até sumir do meu alcance. Andei sozinho até avistar um engenho, outra localidade insurgente. Cabanos, na maior pobreza, em palhoças e sem mantimentos, alimentando-se apenas de caça e farinha feita utilizando-se uma roça de que se haviam apoderado. Não vi armas nem munição. Não parece uma guerra. Mais parece uma incursão contra salteadores. Agora não há nada de heroico ou grandioso, apenas maltrapilhos subjugados diuturnamente por uma força policial. Por que homens bem intencionados insistiriam em chamar isto de guerra? Porque é uma guerra também. Veja agora, os guerrilheiros desprezando o perdão, sendo feitos prisioneiros, seguindo para bordo; é a guerra mais cruenta. Os que sobrevivem ao poder estão nas brenhas, morrendo de fome e sem munição, com alguma roupa e algum dinheiro e mais nada.

Cruzamos por alguns deles. Já não resistem, muito menos atacam, batidos por todas as partes, mesmo no interior das matas, eles vagam já dispersos, desorientados e sem domicílio, desgraçados fortemente, perseguidos pelas tropas, são por elas mortos quando não se rendem, ou são presos, ou finalmente, quando se apresentam, são a imagem da miséria atestando bem a fome, a nudez e as enfermidades que têm sofrido. A estação invernosa tem sido a causa imediata de não ter sido alcançada uma completa aniquilação destes monstros, porém, em breve, se alcançará.

Vê? Avançam os canaviais.

Olhei para trás e o que vi foi uma avenida cheia de carros, o sol barrado por nuvens. Alunos corriam em direção à escola e me cumprimentavam no portão do colégio. Sem pilotos, apagador ou livros. Mas era hora de voltar ao trabalho.

VI

Subi as escadarias do colégio e cheguei ao Cais do Porto, línguas de tantas nacionalidades rumorejam ao meu redor. As coisas me desagradam, mas mesmo assim empilham-se as sacas. Os braços firmes erguem o Estado e o põem em movimento. Sozinho, sou ignorado por todos e observo calmo a pressa dos navios libertando-se aos poucos da lei do destino, dilatando-se no mar, as inquietas ondas apartando, os ventos respirando brandos, a escuma branca se mostrando e as proas cortando as águas. O céu parecia-lhes um irmão; o ar e os tempos mostravam-se serenos, sem nuvens, sem receio de perigo.

Dali sentia respingar em mim pedaços de toda a terra. Do oriente, da África. Os sotaques e bebidas, gostos de líquor, saliva e rum. Os quadris das mulheres, os pedaços de madeira oscilando entre firmes e frágeis suportando todos os augúrios. Os outrora furiosos ventos agora em repouso, as estrelas acompanhando o céu como margaridas no campo. O mar guarda tanta tormenta e tanto dano, eu sei. Apercebida a morte, tantas vezes. Aqui na cidade também, já se opera o engano, a guerra, o aborrecimento. Espalham-se novos mundos que vão se mostrando.

Escrito em um pedaço de papel, encontrado no chão: Estes cristãos sanguinolentos têm como intento destruir todo o mar com roubos, com incêndios, trazendo enganos urdidos de longe e o objetivo de roubar, matar e tornar cativos filhos e mulheres de outros povos.

Navios com homens que edificarão fortalezas, cidades, altos muros e leis melhores. Subjugar e desbaratar outros povos. O mar, mesmo estando em calma, treme e ferve, aceso.

Gemidos de dor, ratos, palavras e baratas correndo aqui e ali. Justo ou injusto, animoso, furioso, robusto, glória, vitória. Aqui triunfa a civilização, após esforço mais que humano para incrustar-se na memória, incrustar-se nas cadeiras de balanço, nos sofás, nas frases e sons, nas grades tantas, nas correrias e cantigas das crianças, num açougue abandonado, na ratoeira e no vinho doce de garrafão, nas cascas de banana, nas felicidades que são muito mais desconcertantes que a dor.

    Acendo um cigarro e fumo contra o vento, como se o mundo oferecesse ajuda para socar toda a nicotina mais rápido nos meus pulmões. A caminho da falência com este meu sangue acelerado. Caminho. As ruas parecem aquosas, as cinzas que bato na calçada se misturam às pedras. Sinto-me como se estivesse me banhando nas águas do Ganges e os restos queimados de mortos passassem, descendo a correnteza deste rio que confesso mal saber onde desemboca.

    Somos uma geração de Atlas carregando o fim do mundo nas costas. O chão da rua treme como se sob nossos pés estivesse um navio. Um massacre começa. Cabeças vão saltando, braços, pernas, sem dono e sem sentido.

    Com as gengivas alteradas pelo escorbuto, um velho se aproximou de mim. Senti que ele queria me falar de fama, de vaidade, de honra, de cobiça e muitas outras coisas mais. Mas já era tarde, e ainda assim, ninguém ali acreditava em nenhum valor. Aqui ninguém nunca foi enganado, ou néscio. Todos já estão devidamente selados e alertados dos perigos e da morte, mas não há outra alternativa. Nenhuma possibilidade de triunfo, de palmas, de vitórias, nenhuma promessa. O pecado e a desobediência são praticados por pura falta do que fazer. Ausência e desterro circulam juntos com a respiração. O velho tentou balbuciar algo com esforço e valentia, mas seus grunhidos eram de uma crueza bruta e indiscernível. Velho, eu lhe disse, aqui já floresceram o desprezo e o perigo, não se preocupe mais porque não haverá fama nem memória. Apoiou-se na parede e arregalou os olhos para mim. Seu rosto tremia como se estivesse prestes a chorar. Assenti para ele e transmiti com o olhar um sinal para que se conformasse com esta cidade que ele via, já completamente definhada, apesar de ainda estarmos no começo.

Uma terceira presença agora se interpõe entre mim e o velho. Continua a lição.

Dou as costas e acendo outro cigarro, tentando desvencilhar-me das duas figuras e seguir sozinho. Ela segura o meu braço e impede que eu me vá. Acendemos os cigarros em fogo de Napalm, ela me diz, e ri.

Para os bichos e rios, nascer já é caminhar.

Deixamos o velho para trás e fomos em direção ao final da ponte. Joguei o cigarro no chão e fui pisando no mar. Andamos cerca de um quilômetro, sobre as águas, calados, e o mar não nos carregava. Nossos passos acertavam o mar como se ele fosse um charco, um pântano. Sentia uma sede de palha, sem fundo, e os urubus e gaviões a nos sobrevoar pareciam de plástico. Na mata, a febre, a fome, até os ossos amolecem.

Você sabe que, no fim, vai me matar, não sabe? Eu sou uma imagem que, ao final, precisa morrer. Morrer com um relógio picando sobre a carne.

Passamos por um grupo de mulheres nuas ao redor de uma fogueira acesa. Elas jogavam as carcaças de animais silvestres para alimentar o fogo. Não dançavam. Paradas, encaravam a chama como se estivessem tão assustadas que a capacidade de se mover não existisse mais.

VII

Os meninos pequenos são uma amostra do que está por vir. Você vê o sofrimento em miniatura, gestando-se como uma crisálida de dor dentro do peito. As meninas já vão percebendo um furor desengonçado dentro delas, os meninos sentem também uma aparência esquisita, uma necessidade de refrear ímpetos que parecem atentar contra o nosso entendimento de humanidade.

Mando-os abrir os livros e ler em voz alta. Com muito custo juntam as sílabas, gaguejam as palavras desprovidas de significados, pequenas conchas ocas. Sinto-me em um hospício, vendo todos aqueles seres diminutos repetindo em voz alta sons de uma língua desconhecida. Sim, vejo neles o ódio, o ressentimento e o fracasso. O futuro não será bom.

Escrevendo não são muito melhores. Garranchos nos papéis são produzidos a muito custo, depois de muito esforço. As frases escritas a lápis são feitas com força, como se levantassem toneladas de peso, como se espremessem uma fruta até o bagaço. Era melhor que fosse assim. Os que prometiam, os que eram inteligentes, eram também insuportáveis, afoitos. Alguns minutos encarando seus olhos e suas bocas crispadas e já percebia a merda futura. E eu os assistia envelhecer. Via seus corpos franzinos retorcerem e esticarem como galhos de uma árvore até adquirirem os primeiros contornos da vida adulta.

Na adolescência, ambicionava ser músico. Meu violão está lá, pendurado na parede, com um prego. As cordas estão arrebentadas e enferrujadas, soltas no corpo de madeira velha e empoeirada. Um dia vou tacar aquele instrumento empenado na cabeça de alguém. Enforcar um desafeto com uma das cordas.

***

Encontrei Graciliano recostado à parede da secretaria. Quando empurrei a porta não o vi, mas ele estava lá, por trás das estantes reviradas, oculto sob as pilhas de históricos escolares e livros didáticos, fumando um cigarro e encarando os computadores obsoletos, mais com enfado do que com espanto. A sala fechada e fria estava tomada pelo cheiro de nicotina curtida no ar-condicionado. Ele ajeitou os óculos de aro grosso e veio até mim, retirando do bolso da camisa uma caneta azul e sentou-se na cadeira no birô em frente à entrada. Pensei que ia dirigir-me a palavra, mas ao invés disso pegou o carimbo da mesa e começou a golpear as páginas impetuosamente, de tempos em tempos esfregando o objeto na tinta. A mesa tremia a cada uma de suas investidas e mesmo a assinatura de sua caneta no final das páginas se parecia mais com um golpe, uma facada, um gesto de um assassino, de um bandido cruel, do que com um simples ato de funcionário público. Por mais alguns minutos Graciliano seguiu produzindo seus terremotos. Alheio a mim e a minha respiração, eu observava os gestos de seus braços peludos e já envelhecidos. De tempos em tempos parava para encher xícaras de café; nessas pausas, derrubava de propósito um pouco de açúcar sobre a mesa de mármore e incinerava o montículo com o cigarro aceso, produzindo um cheiro estranho de engenho.

Prebenda que me toma tempo e não me dá dinheiro. Cada aluno leva sua cadeira, cada professora leva sua banca, as escolas estão pessimamente instaladas.

Balancei a cabeça, concordando com ele. Sim, as escolas estão péssimas. Mas será que ele falava comigo? Suas mãos grandes, de dedos longos, pousaram sobre a mesa. Levantou-se e caminhou pela sala, à procura do maço de cigarros Selma, antes me encarando com seus olhos profundos, o rosto de traços marcantes. Amassou a ponta até que a cortiça saísse toda, e só então acendeu o cigarro, com palitos de fósforo. Sim, falava comigo. Era alto, ágil, magro, seco. Seu queixo era quadrado e se movia como o de um boneco.

Maldita hora que aceitei este emprego. Minha nomeação foi um disparate administrativo. E você? Trabalha aqui?

Sim.

Você também escreve, não é?

Sim.

Eu sei. Isto se percebe. Somos uns animais diferentes dos outros, provavelmente inferiores aos outros, duma sensibilidade excessiva, duma vaidade imensa que nos afasta dos que não são doentes como nós. Mesmo os que são doentes, os degenerados que escrevem história fiada, nem sempre nos inspiram simpatia: é necessário que a doença que nos ataca atinja outros com igual intensidade para que vejamos nele um irmão e lhe mostremos as nossas chagas, isto é, os nossos manuscritos, as nossas misérias, que publicamos cauterizadas, alteradas em conformidade com a técnica.

Graciliano Ramos começou a tossir descontroladamente, levando a sua mão de dedos escuros de nicotina à boca para segurar as patacas de sangue que saíam de seu pulmão.

***

No começo, eu olho cheio de piedade para estas crianças. Vamos corrompê-las, eu, os professores e seus pais. Depois percebo que elas já parecem corrompidas. Gritam, mostram os deveres pedindo aplausos, tapinhas de congratulações. Outras levantam-se, pulam na sala, desafiam a autoridade, clamam por uma mão de ferro. Já querem um líder, uma força agindo sobre elas.

Minha garganta começa a falhar por volta das onze e meia da manhã, mas ainda tenho um dia cheio. Apoio as costas na parede e começo a tossir, uma tosse que não é seca, é úmida, rascante, afiada. Penso que vou vomitar sangue na frente dos alunos, há algo dentro de mim partido e eu não posso continuar. Sinto as cordas vocais arrebentarem, romperem, sem possibilidade de conserto. O corpo está estragando, os cabelos estão abrindo caminho para fios grisalhos. Começo a calcular a probabilidade de ser atingido por um carro, um tiro de bala perdida, um câncer. Ela vem. Ela me diz que é chegada a hora do assassinato. É chegada a hora. Começa a chover.

VIII

Professor, o demônio existe?

***

Dirigi-me para a caverna do diabo onde os companheiros me esperavam. O africano preparou uma fogueira e nos sentamos ao redor dela. Ele principiou a contar histórias e lendas de seu povo, de todos os povos, do começo ao fim da história da humanidade. Ouvimos a história ser contada, e à medida que a noite avançava a chama trepidava mais forte e os espectros ao nosso redor desapareciam, até que só restou eu e o homem ao redor da fogueira.

Elas estão vindo. Elas estão vindo para cá.

E o que devemos fazer?

Esperar que elas venham e incendeiem ainda mais a história.

De longe, ouvíamos os berros do pregador.

Aguardemos pacientes a chegada.

***

Chega, do que adianta tudo isso?

Não é preciso mais informação, não é preciso mais aulas, não é preciso mais processos educacionais. Todos já sabem, e os que não entendem hoje jamais poderão entender.

Os colégios já podem ser fechados, pois são inúteis.

Eu concordo, sim.

A chuva voltou a cair e eu tive de voltar, de me sentar no chão, agarrar-me aos meus braços, encolher meu corpo. Uma chuva fina, exatamente igual às chuvas que caíram nos últimos dias.

Não há necessidade de tempestades.

Uma vontade de dizer algo, de encostar, acariciar, morder devagar, sentir. Mas eu não sei o que é.

O nome da chuva, como no sonho que você teve, diga qual é o nome da chuva.

Vultos sombrios quando desvio ou fecho os olhos, escrever para evitar a loucura, suportar o pesadelo do trabalho e das contas, entender que a escrita é impossível, entender que eu preciso anular meu corpo, sair fora de mim, apagar, me libertar de amarras, superar o trauma, suportar o erro, assumir minha culpa.

O nome da chuva, diga qual é o nome da chuva.

***

As mulheres chegam, maltrapilhas, seus rostos estão sujos de fuligem, graxa e sêmen. Envergonhadas, esfregam os cuspes nas paredes, derramam as trouxas e aproximam-se da fogueira. O homem negro senta-se ao meu lado e a velha começa a falar, com sua voz tão pacata. O que ela deve ter ouvido em suas andanças? Agora estamos todos juntos, a sós com o demônio. As meninas pequenas têm as mãos e as costas açoitadas, marcadas pelas torturas. Eu vi minha mãe morrer, uma delas me disse. Descrevem-me a dor. Membros decepados, estupradas por dúzias de padres e bispos. Agulhas espetadas em seus órgão genitais. Ferro, fogo, castigos. Impedir o desejo, o amor, o riso, o sexo. A felicidade que provoca o medo.

O africano fala da vez em que foi enforcado e sua família evitou que doassem seus órgãos. A corda frouxa não o matou e ele foi reanimado ao chegar em casa. As meninas pequenas riam. Depois juntamos todas as nossas provisões e fizemos um banquete. Por fim, deitamos para dormir todos juntos, abraçados. Nossos corpos aqueciam toda a caverna. Uma das mulheres, uma velha senhora, viu que eu não havia ainda tirado meus sapatos. Ajudou-me a desamarrar os cadarços, a remover os calçados. Viu as feridas nos pés e passou um unguento, algumas ervas, fez uma prece em voz baixa. Eu agradeci e senti parte da dor passar. O homem, para nos ajudar a pegar no sono, começou a recitar poemas perto do fogo.

***

Volto para a escola e é dia de festa, confraternização. Círculos de oração são formados, olhos fechados, dão-se as mãos. Agradecemos todos ao arremedo de vida. Discursos pré-ensaiados. Homenagens feitas pelos alunos. Cartazes mal desenhados. Poemas pescados do mundo. Palavras ditas em homenagem à iniciativa privada. Choros falsos. Choros verdadeiros, os piores. Comida, enfim. Salgados, bolos, refrigerantes.

IX

Acabou agora. Eu quero me livrar desta cidade. O tempo do demônio me respira. O fogo devora tudo. Há linhas paralelas se esbarrando e refluindo para dentro de mim. Também não há nada exceto bagunça de moléculas e átomos. Cansado. Cansado da linguagem, cansado do impossível, cansado de tudo nesta cidade que insiste em voltar à tona. Não vai haver nada de extraordinário em minha vida.

O ano acaba e a escola fixa nas paredes externas listas e mais listas. Os alunos estendem seus dedos aduncos e fracos para tentar encontrar os nomes. Aprovado, reprovado. Ir embora e esperar a repetição seguinte. Marcam uma comemoração para a qual não irei, assistir à exposição de flores de plástico, roupas novas e limpas, o cheiro de felicidade espremida como uma fruta que quase não produz líquido o suficiente para a degustação. Tanto esforço por nada, o que há de mais importante é jogado fora em nome de uma solenidade fingida.

Vou arrastar meus pés perfurados até minha casa e permanecer os próximos dias trancados. Os professores vão marcar confraternizações, vão comer churrascos e fazer piadas, fofocar, fingir que são amigos. O que eu queria era que eu pudesse fazer algo para demolir toda a realidade ao meu redor. Mandar esta cidade toda pelos ares. Aniquilar a minha escola, vê-la em ruínas, em cacos. Eu não posso fazer nada porque não há como intervir. Os juízes e parlamentares fazem o que querem, os empresários fazem o que querem, os famosos fazem o que querem. Eu não posso impedi-los de fazer o que eles fazem, não me resta nada.

***

Um animal cavalgando no meio da noite. Mulheres brincando com um feto nascido de uma orgia, jogando-o sobre o fogo até ele morrer. Homens sorvendo o líquido de cadáveres para permanecerem jovens para sempre. O temor de um complô judaico--leproso, homens envenenando as águas dos poços, trazendo as pestes, trazendo doenças. Pedaços de uma cidade, de um mundo, de uma história acontecendo aqui. Tudo isto que é atravessado, tão duramente atravessado e opressor. Para poder caminhar eu preciso me esquecer de tudo porque lembrar é doloroso, é trazer mais peso ao que já não se pode carregar.

Bruxas dançando em frente a um imenso gato negro. O gato negro passeia pela minha casa, senta-se em meu colo, espalha sobre mim seu pelo, trava minha garganta, enrosca-se à minha pele e aos meus olhos, bloqueia minha respiração, me estrangula, me oferece ódio, ri, ri e espalha dentro da noite seus dentes afiados, sua risada ridícula.

É um jogo, elas dizem. É só um jogo, o jogo indefinido, o jogo da noite, o jogo do que não está sendo visto, há um ritmo próprio, um compasso inerente aos corpos, uma música atravessada pelo silêncio e que vai se encorpando no ar. Eu sei jogar o jogo, elas dizem, me garantem que é como uma dança intermitente, a mesma dança de estar vivo, a dança de resistir, de tocar, de permitir vir à tona aquilo que me faz respirar. Dance, elas dizem, esgote seu corpo, destrua a carne, engula seu próprio espírito, vomite a verdade, não pare de se mover.

Fósseis enterrados no quintal das casas, no topo dos prédios, no terreno baldio da minha rua. Ossadas de meninas mortas, de animais estrangulados, sacrifícios, fósseis. Uma centena de mortos, ossos enterrados juntos com os versos de poetas portugueses. Fósseis. Restos de animais pré-históricos, mastodontes que pisaram neste mesmo chão que eu piso no corredor de meu apartamento. Encontro um par de sapatos junto aos fósseis, sapatos novos em folha. Carrego-os para mim, tomando o cuidado para que ninguém me veja, com vergonha de meu ato.

Não é mais sonho, nem pesadelo, nem loucura. É só a palavra, a palavra seguida da palavra despejada no papel. Ninguém lerá, ninguém lerá nada disto, eu já decidi. Eu já decidi que eu farei aquilo que esta voz manda que eu faça.

Toca a campainha da minha casa. Ela entra pela minha janela. Senta ao meu lado no sofá. Faz um pedido para esta noite. Enfio minhas duas mãos em seu pescoço e sinto minhas unhas cravando-se na circulação de seu sangue. Solto-as. Vou até o quarto e arranco uma das cordas enferrujadas do violão. Comecei o que tanto queria. Começo a matar.

***

A luz néon do corredor invade o quarto. A cama está revirada e os lençóis cheiram a sexo. Um filme pornográfico roda mudo na televisão. Percebo que estou apertando a corda ao redor do pescoço dela. O corpo jaz agora na cama do quarto de hotel em que estávamos. Solto-o e vejo, ao abrir as pernas, um sexo indefinido, como um polvo, tentando se mover no chão, um bicho disforme e aquático, um ser abissal e desconhecido da ciência tentando voltar para o oceano. Não sei se é homem ou mulher. Não sei o que fiz com este corpo, neste quarto. Sei que está morto. Sei que seu sexo está dilacerado, seus olhos sangram e há marcas por todo o tórax. Desço pela noite e abandono ali o corpo, correndo pelas escadas sem olhar para trás. Deparo-me com o centro da cidade, com os faróis dos carros rasgando os viadutos, os vidros dos prédios como se fossem torres cheias de pessoas me observando. Corro pela madrugada em direção ao centro e me deparo com o barulho dos passos dos incontáveis mastodontes, andando ao lado de lobos, centenas de lobos e pessoas mortas, todos eles marchando; à frente, conduzindo-os, está ela. Sigo-os e encontro um exército de corpos machucados, com bichos dilacerados, tentáculos partidos e polvos mortos onde deveriam estar seus sexos. Tiro minha roupa e junto-me a eles, percebendo que também os meus órgãos genitais se transformam em uma massa disforme. Misturo-me ao barulho da procissão dos mortos caminhando em direção à fogueira que nos levará a destruição. Sei que neste barulho estará, enfim, o nome da chuva.

DESASTRE NO VERÃO

1.

Primeiro ele desejou que o avião caísse. Ou então, algo menos dramático, que o voo fosse perdido, que ele cometesse um engano na hora de pegar o trem em direção ao aeroporto, o proibissem de despachar a mala, todos os aviões do mundo fossem impedidos de voar. Mas a companhia de aviação destinada aos pobres teimosos que insistem em viajar de avião fez o que pôde para jogá-lo no inferno de qualquer maneira. Foi comunicado de um atraso no voo. Depois, disseram a ele que tinha direito a um voucher, que o garantiu um prato de macarrão com frutos do mar borrachudos, como uma comida vinda do futuro. Um mimo. Era comer e esperar. Sorrir para a simpática vendedora de óculos escuros. Vagar com o notebook no braço. Procurar nos painéis o voo misterioso, o voo do desastre, o voo do avião velho e sujo, parecendo improvisado, com comissários de bordo sem paciência. Para seu infortúnio, aquela desgraça amarelada pelo tempo não caiu, ele sobrevoou os conjuntos habitacionais que, vistos de cima, pareciam maquetes da quinta série, adeus aos grandes quadrados verdes que ele sempre via nos voos do passado. O primeiro contato com sua terra ao voltar foi uma uber que desafiava o algoritmo fazendo seu carro de táxi clandestino e cobrando vinte reais a mais do que o indicado pelo aplicativo. Ela passaria a noite à espera de um imbecil que aceitasse a proposta enquanto ele seguiria com outro uber, fornecido pelo aplicativo, um homem truculento que conseguia a proeza de provocar brigas no trânsito às três e quarenta da manhã, mostrando que no final, àquela altura, todos os passageiros e motoristas eram um pouco idiotas.

2.

No terceiro dia em Maceió, já se encontrava inutilizado pela ressaca. Primeiro, era a moral. Colecionava um acúmulo de gafes e absurdos. Tinha a sensação de que era incapaz de possuir uma felicidade autêntica. Quando se sentia alegre, confundia este sentimento com um desprezo absoluto pelo mundo. Havia nele um ímpeto de se destruir e de ser verbalmente violento. Uma força por trás de suas palavras o guiava até a idiotice. Não via amigos ao seu redor, mas ruínas, esqueletos que o lembravam de quem ele era no fundo. Sentia que todos tinham um mapa muito claro da sua vida, menos ele. Um desses amigos o sugeriu uma trégua, ou uma terapia, não ouviu muito bem. O tempo avançava e ele se sentia preso a uma cena de euforia degradante. Suas palavras eram pesadas e infecciosas. Acabou, tudo acabou, ele pensava, com a ressaca atacando o corpo. Sou um morto-vivo. Tudo parecia incontrolável e prematuro. A cidade adquire um gosto de morte. E pensar que este ano chegou a acreditar que teria um filho, que sua namorada estava grávida. A suspeita deu lugar à certeza de uma doença no útero dela, capaz de evoluir para um câncer.

3.

Via-se apegado a clichês, à alegria com coisas pequenas. A irmã e o cunhado trouxeram um uísque. A mãe preparou um macarrão com sardinha. Na segunda-feira foi com ela comprar uma Smart TV de 50 polegadas. Este tipo de felicidade ainda era possível. Em breve ela seria montada. No Google, passou um tempo lendo sobre a possibilidade de se infeccionar com o arranhão que levou de um dos gatos. Sua barriga doía desde que o felino o acordou com um salto. Assim as férias começaram. Ainda no domingo assistiu à *season finale* de Succession no apartamento de um amigo. Andou na chuva, perdido, sem GPS, tentando se lembrar do prédio em que o amigo morava, um edifício de nome francês. Jogou um pouco de Mario Kart no Switch antes do episódio começar. Tentou se apegar a estes momentos felizes, enquanto se esquecia de si mesmo. Aos 30 anos entendia finalmente que a felicidade era um sentimento violento, algo que era preciso pilhar, arrancar do mundo.

Tudo vai se destruir. Ele não sabia mais como seguir em frente. Sua vida passada agora se chocava com o futuro. Foi então que ele começou a sair pelas ruas de madrugada. Enchia uma garrafa plástica com o uísque que o cunhado escondia no congelador, e vagava. Como não tinha relógio e deixava o celular em casa, a sensação era a de caminhar por mais de vinte e quatro horas na paralisia da cidade.

4.

Revisando os papéis de tudo que escreveu ao longo do ano, em meio a poemas, romances abortados, contos sem forma definida, tudo que via era doença. Tentava uma saída, talvez a vingança contra tudo à sua volta, mas nada acontecia. Já houve um tempo em que quis desaparecer do mundo. Agora o que queria era o contrário, que tudo desaparecesse, que abrisse os olhos em um mundo novo, tudo bem se fosse um lugar pior.

Retornou mais cedo da casa de praia que alugara com os amigos para passar o fim de semana. A ideia era ficar até domingo, mas na sexta à noite tudo já parecia insuportável. O desconforto, a sensação de que tudo que falava e fazia era ridículo, só aumentava. Pra completar, dois amigos sob efeito de álcool, cocaína e LSD se desentenderam. Não viu nenhuma cena, mas ouviu falar que Mário ameaçou apagar um cigarro no rosto de Osvaldo. Não consegue tirar da cabeça que tudo não passou de uma piada de mau gosto que ninguém entendeu.

Maceió é um lugar triste. Todos se conhecem e com o tempo passam a se odiar. É inviável. E depois tem a praia, o sol e o mar. Toda praia é um lugar triste. Achava impressionante a ilusão, a confusão entre verão e alegria. Ninguém é totalmente feliz no verão em Maceió. Talvez os turistas.

Passou pela Praia da Avenida e constatou que ela continua a mais bela de todas. Intocável. Lembrou-se dos tios que diziam que aquela era a praia mais suja da cidade. Só os cães e poucas pessoas na areia, os navios passeando no mar, prescindindo das multidões.

Olhou o celular e viu que a empresa Itapemirim interrompeu suas atividades, suspendendo o voo de milhares de pessoas. Imaginou as famílias que se sacrificaram e perderam as passagens. Imaginou outras famílias pagando outras viagens, em outras companhias aéreas. Tudo parecia errado.

5.

Ainda na primeira semana de férias foi com a mãe até Rio Largo, visitar a avó. O mais estranho era que a velha o convidou a dormir várias vezes, como se quisesse que ele se retirasse. Não quer tirar um cochilo?, ela perguntava, como se fosse preciso que ele saísse de cena. Comeu algumas postas de peixe e foi se deitar no quarto abafado da velha. Foi difícil pegar no sono próximo ao aparelho de som, que custou a ela três mil reais, repetia as mesmas cinco músicas estrondosamente, um loop ensurdecedor.

Enquanto lutava contra o barulho dos teclados e dos gritos estridentes de cantores ruins, sua avó e sua mãe rompiam relações. Nunca soube que impropérios uma dissera para a outra. A mãe o acordou quando ele mal pegara no sono. Ela ficou calada no uber e continuou calada enquanto comeram uma lasanha. A irmã depois o contou que brigaram por alguma razão esdrúxula em torno de dinheiro. Desde criança ele percebia o humor da família como algo inteiramente ligado ao banco. No fim do mês todos ficavam mais nervosos. A primeira semana do mês era sempre menos agressiva. Quanto maior o dinheiro, maior a autoestima familiar. No uber ele passou pela antiga fábrica de tecidos no bairro de Cachoeira. Sempre o fascinou as ruínas da velha indústria, tomada pelas plantas. O teto já caíra, mas as paredes, de um branco apodrecido, seguiam, não tão firmes. Alguns pilares sustentavam o céu. Em um vídeo antigo, vira a fábrica montada. Seu dono e alguns burgueses comiam no refeitório junto aos operários. A fábrica faliu, em algum momento do século XX. Alagoas foi condenada ao corte de cana. No vídeo, em preto e branco, os operários pareciam felizes. Sabia que muitos foram filiados ao Partido Comunista, ele era forte na Cachoeira, um antigo bairro operário, com seus revolucionários de carteirinha. Diversas vezes o bairro foi alagado pelas cheias do rio. Muitos moradores abandonaram o lugar. O que nunca foi embora, a fábrica, gigantesca e inútil, existiria ali para sempre. O carro descia a ladeira e ele lembrava de Tropeço, um falecido amigo que levou Patrícia, a então ficante e futura namorada, para dentro da fábrica em uma noite de semana. Tropeço não deu detalhes, falava de um jeito como se fosse possível a qualquer um entender o que aconteceu lá dentro, mas o impressionante é que ele dizia que depois de "tudo terminado" Patrícia começara a chorar, chorava sem parar, ali em meio às ruínas, aos matos e às estrelas, não parava de chorar um choro que nós, dois adolescentes, julgávamos inexplicável. Agora a fábrica era uma garagem de ônibus, de uma empresa da qual ele não lembra o nome.

    Tudo vai se destruir. Ele não sabia mais como seguir em frente. Sua vida passada agora se chocava com o futuro. Foi então que ele começou a sair pelas ruas de madrugada. Enchia uma garrafa plástica com o uísque que o cunhado escondia no congelador, e vagava. Como não tinha relógio e deixava o celular em casa, a sensação era a de caminhar por mais de vinte e quatro horas na paralisia da cidade. À noite ele encontrava com trapos humanos revirando os contêineres cheios de lixo e via os pontos luminosos no céu, sem explicação.

6.

Dia 24 foi o dia mais abominável. Com os anos ele foi percebendo que o verão em Maceió desencadeia processos irreversíveis. É como se o calor gerasse explosões no coração das pessoas. O verão, o grande desarranjo. O fato é que ele não aguentava mais as idas à praia, os dias colados ao celular esperando mensagens de texto, o sentimento de desgosto profundo. Sentia vontade de desligar o mundo, de se ausentar por algumas horas. Ao mesmo tempo, sentia que o mundo seguia em frente sem ele, o colocava de lado. O mundo o vomitava para longe.

Os melhores momentos do verão eram os dias no cinema. A tela o usurpou de qualquer agência. Era na passividade que ele se sentia mais confortável, desaparecendo na luz.

7.

Dia 25 ainda estendeu o mal-estar. Antes do ano-novo teve tempo de ir à Garça Torta. A água era boa, quente, mas cheia de pedras, fruto das obras e construções, das intervenções humanas. Quando entrou no mar perdeu os óculos escuros da namorada. Tentou dividir a atenção entre todos os amigos que estavam lá, mas foi difícil. Comeu caldos de massunim e bebeu caipirinhas e cervejas. O serviço era lento e caro. Ainda voltou à praia uma segunda vez antes do ano-novo, dessa vez em Guaxuma. O que mais ele fez até o ano-novo? Tudo agora era um borrão de rotina.

8.

No dia 31 ele já não entendia mais porque tinha colocado o nome na lista de pessoas que trabalhariam na festa de ano-novo. O dinheiro era bom, mas ele não precisava tanto assim. Enquanto isso, a mãe de sua namorada se organizava para inaugurar a casa de praia na Barra de São Miguel. Ele pensava se não deveriam ir junto com ela, passar uma noite em família. Sua sogra estava feliz e estressada. Deu alguns gritos com o pintor para que ele se apressasse, desconfiava que o homem tinha um emprego alternativo, uma outra casa que ele pintava ali perto.

Almoçaram no restaurante Sr. Brasa. No começo ele interagiu muito com a sogra e com a cunhada adolescente, mas depois de atacar a picanha de cordeiro e as macaxeiras fritas ele sentiu a energia diminuir, o que o levou a ficar mexendo no celular até a hora em que o garçom recolheu os pratos da mesa.

Dormiram à tarde e foram até o New Hakata esperar o ônibus que os levaria ao evento. Chegaram quando Mc Tha, uma das atrações da noite, passava o som. A guitarra e a percussão pareciam impecáveis, tudo no lugar. Pisava-se na areia, era um espaço de boa capacidade de circulação. A praia estava fechada. A decoração era simples, apenas algumas luzes brilhantes. Era econômico, mas longe de ser algo feio.

Logo chamaram os homens para ajudar com pacotes de água e caixa de cerveja, o que já o deixou com a coluna doendo. Mais tarde viriam os joelhos, depois de tantas horas em pé. Eram vinte torneiras de chopp e vinte pessoas servindo, a maioria mulheres. Tinha certeza que em 2010 esses jovens não estariam trabalhando, mas bebendo em alguma casa de praia, entre amigos. Provavelmente a maioria ali passou a noite distraindo as dores e o cansaço com analgésicos.

Serviu o primeiro copo da noite. Era simples. Baixar a torneira até o fim. Subir levemente se quisesse deixar um colarinho robusto. Tinha medo no começo de servir demais ou de menos, de molhar as pessoas, de derrubar ou lambuzar o copo. Com o tempo os receios foram indo embora, mesmo que as luvas desconfortáveis, que deixavam tudo pegajoso, tivessem que ficar.

A coisa mais nojenta eram os copos com areia. A maioria dos bêbados não se importava, mas alguns pediam para que o copo fosse lavado com a própria cerveja, o que às vezes fazia com que o chopp e a areia se combinassem, formando uma espécie de lodo. Alguns copos apareciam marcados de batom. Esta era uma sujeira que ele achava mais simpática.

Os shows foram ruins e o gerador pifou. Mc Tha decidiu subir no palco às cinco horas da manhã, apenas com uma base, sem banda, por medo de danificar os equipamentos.

De manhã, seu amigo Borges estava muito embriagado depois de várias cachaças. Vomitara como um chafariz, chegando a sujar as próprias pernas. Depois, o mesmo Borges bêbado sentou-se em uma caixa de isopor, obviamente a destruindo. Era um bom alívio cômico após uma longa noite de trabalho.

9.

No dia primeiro de janeiro foi com a namorada até o Massagueirinha e comeram peixe ao molho de camarão. Este seria também o almoço do dia dois. Então vieram os sintomas de gripe. As pessoas não sabiam se era influenza ou covid. A namorada testou positivo para covid. Ele, depois de alguns dias de isolamento, testou negativo. Mas o verão já não tinha resgate. Janeiro seria quase todo trancado em casa. Alguns amigos estavam assintomáticos, outros viveram dias de falta de ar, de febre e de dor. A solidão alimentava a ideia de que a felicidade não era mais possível.

Claro que isso era um exagero. A vida seguiria. E era assim que ele sentia o ímpeto de parar de escrever. Quando ele constata que a vida seguiria, com os lançamentos de filmes, as ressacas, as festas na piscina, o peixe estragado fora da geladeira. Os compromissos seguiriam, como seguiria a noite depois do cansaço do sol.

10.

Tudo vai se destruir. Ele não sabia mais como seguir em frente. Sua vida passada agora se chocava com o futuro. Foi então que ele começou a sair pelas ruas de madrugada. Enchia uma garrafa plástica com o uísque que o cunhado escondia no congelador, e vagava. Como não tinha relógio e deixava o celular em casa, a sensação era a de caminhar por mais de vinte e quatro horas na paralisia da cidade. À noite ele encontrava com médicos, psiquiatras revirando os contêineres cheios de lixo, uma profissão descartada agora que qualquer um podia fazer diagnósticos com um simples clique. Ele viu os drones morcegos sobrevoando as noites artificiais. Circulando as torres imensas dos aplicativos, pensava em um dia também voar, entregar os próprios pensamentos ao império dos vícios. Não pensar mais era um desejo que toda sua geração compartilhava. Transformar a energia do próprio corpo em bytes, músicas, pixels. Converter-se voluntariamente em um amontoado de informações para o uso coletivo. Um destino menos trágico do que morrer, ele sonhava, antes do avião aterrissar de volta no aeroporto de Congonhas.

NOTA DO AUTOR

O conto "A guerra de mil anos" possui um trecho em itálico, na página 27, extraído do livro *Trópico de câncer,* de Henry Miller. Há também um trecho de *Meridiano de Sangue*, de Cormac Mccarthy, adaptado e inserido dentro do conto.

O conto "Mastodontes" possui trechos desviados de diversos autores, dentre eles Sebald, Flaubert, Dênis de Moraes, José Saramago, Graciliano Ramos, Gombrowicz, Dirceu Lindoso, Sávio de Almeida, Irinéia Franco, Ulisses Neves Rafael, Lêdo Ivo, João Cabral de Melo Neto e Goethe. Os textos foram copiados, modificados, enxertados ou citados, tanto de forma direta como indireta.

EDIÇÃO	Camilo Gomide
CAPA	Luísa Machado
IMAGEM DA CAPA	Paul Klee
REVISÃO	André Balbo, Marcela Roldão e Thaisa Burani
PROJETO GRÁFICO	Leopoldo Cavalcante

DIRETOR EXECUTIVO	Leopoldo Cavalcante
DIRETOR EDITORIAL	André Balbo
DIRETORA DE ARTE	Luísa Machado
DIRETORA DE COMUNICAÇÃO	Marcela Monteiro
EXECUTIVA DE CONTAS	Marcela Roldão
ASSISTENTE COMERCIAL	Gabriel Cruz Lima

GRUPO
AB●IO

ABOIO EDITORA LTDA.
São Paulo/SP
(11) 91580-3133
www.aboio.com.br

© da edição Cachalote, 2025
© do texto Wibsson Ribeiro, 2025

Todos os direitos desta edição reservados ao Grupo Aboio. Nenhuma parte desta obra pode ser reproduzida, arquivada ou transmitida de nenhuma forma ou por nenhum meio sem a premissão expressa e por escrito da Aboio.

Grafia atualizada segundo o Acordo Ortográfico da Língua Portuguesa de 1990, que entrou em vigor no Brasil em 2009.

Dados Internacionais de Catalogação na Publicação (CIP)
Bruna Heller — Bibliotecária — CRB10/2348

R484g

    Ribeiro, Wibsson.
        Guerra de mil anos / Wibsson Ribeiro. – São Paulo, SP: Cachalote, 2025.
        107 p., [5 p.] ; 14 × 21 cm

        ISBN 978-65-83003-62-1

        1. Literatura brasileira. 2. Contos.
        3. Ficção contemporânea. I. Título.

                                  CDU 869.0(81)-34

Índice para catálogo sistemático:
1. Literatura em português 869.0.
2. Brasil (81).
3. Gênero literário: contos -34

Esta primeira edição foi composta em Martina Plantijn sobre papel Pólen Bold 70 g/m² e impressa em setembro de 2025 pelas Gráficas Loyola (SP).

A marca FSC© é a garantia de que a madeira utilizada na fabricação do papel deste livro provém de florestas que foram gerenciadas de maneira ambientalmente correta, socialmente justa e economicamente viável, além de outras fontes de origem controlada.